윤이주 소설

용감한 생활

2025년 9월 3일 초판 1쇄 발행

지은이	윤이주
펴낸곳	도서출판 무늬
등록번호	제450-251002017000021호
주소	32555 충남 공주시 교당길 21-13
전화	041-881-2595
이메일	muneui@hanmail.net

ⓒ 윤이주

ISBN 979-11-980397-5-0 03810
값 13,500원

* 이 책은 충남문화관광재단의 2025 충남문학예술지원을 받아 출간되었습니다.
* 이 책은 저작권법에 따라 보호받는 저작물이므로 무단전제와 무단복제를 금합니다.
* 이 책의 전부 또는 일부를 이용하려면 반드시 저작권자와 도서출판 무늬의 서면 동의를 받아야 합니다.
* 잘못된 책은 바꿔드립니다.

용감한 생활

윤이주 소설

차례

용감한 생활　　　　　　　　　　7

2002, 속초　　　　　　　　　　41

태양 아래 어둠　　　　　　　　49

저녁 연기　　　　　　　　　　77

언제나 삼인조　　　　　　　　89

가와무라 나미　　　　　　　　127

골짜기의 한나　　　　　　　　141

소녀들 쪽으로　　　　　　　　177

작가의 말
우리는　　　　　　　　　　　187

용감한 생활

패스토랄 라이프

검댕이 잔뜩 낀 돌 세 개가 부엌의 중앙에 놓인 이 오두막은 목자들의 피난처이다. 돌과 돌 사이에 나뭇가지를 넣고는 젊은 목자 소무가 불을 지폈다. 금세 괄괄해진 불길 위로 큼직한 통나무 하나를 더 올린 뒤에 그는 주전자 물로 재를 이겨 우묵한 쇠솥 겉면에 펴 발랐다. 이래야 그을음을 예방할 수 있어서였다. 그가 불 위로 솥을 걸고 패트병을 열어 물을 붓는 사이 갓난이가 요람에서 응애 응애 울었다. 물 길러 간 목자의 처 만지는 아직 오두막으로 돌아오지 않았다. 열여덟 살 젊은 엄마 만지는 마지막 패트병에 물을 채워 광

주리에 이고 이제 막 옹달샘을 벗어난다.

 소무가 봉지를 열어 쌀 두 컵을 함지박에 덜었다. 함지박을 들고 그가 허리를 숙이고 거적 문밖으로 나와 질펀한 패트병 무덤 사이에 쭈그리고 앉는다. 살아 있는 병뚜껑이 열린다. 그는 쌀 함지박에 콸콸 물을 붓는다. 주물주물 두세 번 쌀을 씻는다. 따로 마련된 플라스틱 양동이에 쌀뜨물을 따른다. 키가 큰 그가 허리를 숙여 거적 문을 지나 다시 불가로 돌아온다. 기다란 쇠 국자가 있어 함지박에 담긴 쌀을 주둥이가 좁은 우묵 솥에 넣는 건 어렵지 않다. 끓는 물에 들어간 쌀은 이내 부르르 끓어 넘치고 벌써 평평한 쇠주걱을 찾아 든 소무가 쌀을 두어 번 뒤집어 준다. 불땀을 줄여 놓고 닭을 잡고 장작불에 그을려 털을 뽑고 토막을 쳐 닭고기 카레를 준비한다. 젊은 주부는 아직도 돌아오지 않았다. 부모의 관심을 원하는 갓난애 붕이의 충실한 울음이 그러나 다급하지는 않다. 식수라고는 저 아래 옹달샘뿐이니 붕이 어머니 만지와 아이 아버지 소무는 하루에도 여러 번 갈아 물을 길어야 했다. 다른 오두막에 비해 젊은 부부는 채소를 씻고 쌀을 씻는 데 물을 조금 더 썼다. 다른 집 애들에 비하면 붕이는 더 자주 목욕을 했다. 특별히 위생을 생각해서라기보다는 젊은 부부의 물 쓰는 손이 클 뿐이라는 게 문주의 생각이다. 부부 둘 다 키가 커서 손도 그만큼 더 클 뿐이라고.

모든 오두막은 대나무를 엮어 만든다. 둘에서 넷의 부부나 부부들 혹은 갓난애로 구성된 이 오두막들은 목동들 공동 소유인 듯했다. 그들은 공동작업으로 오두막을 짓고 철마다 다른 오두막들로 옮겨간다. 주로 소와 양을 치는데 그 외의 가축으로는 그들의 먹거리가 될 닭들이 있다. 소무와 만지 부부는 목자들 사이에서 가장 어린 축에 드는데 그렇다고 양을 치거나 살림을 사는 데 미숙하지는 않다.

황금 양

넓은 꼴밭엔 생풀 냄새가 가득했다. 높다란 산도 드넓은 바다도 멀어서 어린 문주에게는 이 초지가 세상의 전부였다. 그렇다고 산의 깊음과 물의 넓음을 상상치도 못하는 건 아니었다. 다만 아이는 언제나 싱싱하게 풀이 자라는 초지가 좋았을 뿐.

산을 아예 모른다고 할 수는 없었다. 야트막하나마 뒷동산에 자라는 나무들과 관목숲과 오솔길을 아이는 잘 알았다. 뒷동산엔 아무도 모르는 저만의 놀이터도 있었다. 찔레 무더기가 살짝 벌어진 그 안엔 옹달샘이 하나 솟아났다. 작은 옹달샘 가엔 평평한 바위 하나가 있었다. 거기서 문주는 찔레나무 숲으로 들어오는 바람을 잡아보려 애썼다. 별다른 놀이를 갖지 못한 아이에게 바람을 잡는 일은 일종의 놀이였다. 그러다가 "바람" 하며 아이는 ㅂ으로 시작하는 낱말들을 불러냈다. 바구니, 바구미, 바깥, 바나나, 바다, 바람, 부모, 바보, 바사삭, 보자기, 부뚜막, 부지깽이, 부축, 버캐…. 여덟 살 여자애가 가진 낱말들은 대체로 그 정도였다. 어쩌면 이것이 문주의 진짜 놀이였을지도 모른다. 바람을 잡는 일을 멈추고 낱말들을 찾아내어 평평한 바위 위에 쌓는 일을 아이는 좋아했다.

쌓아놓은 낱말 중에서 바다가 스르륵 빠져나온다. 바다. 바다는 본 적이 없었다. 본 적이 없어 꿈꾸지 않았다. 초지 아래에 두 마을 사이를 흐르는 제법 큰 강이 있었지만 강과 바다가 다르다는 걸 문주는 일찍이 배웠다. 바다는 맨몸으로 들어가 다슬기를 잡거나 물장구를 치기엔 깊고 넓다는 것을.

어진 사람은 산을 좋아하고 지혜로운 자는 바다를 좋아

한다는 말은 초등학교에 입학하여 석달이 안 되어 배웠다. 늙수그레한 선생이 들려준 그 말은 문주가 뭐와 뭐를 비교하게 된 최초의 사건이었다. 최초의 절망을 안긴 말이기도 했다. 보지 못했으므로 자신이 바다를 좋아한다고 말할 순 없었지만 그렇다고 산이 더 좋다고 말하기도 어려웠다. 선생이 아이들 사이를 걸으며 누구야, 너는 산이 좋으니? 바다가 좋으니? 물었을 때 문주는 그 질문이 너무나 어려워서 얼굴을 붉혔다. 그런 질문이 가능하다는 게 이해되지 않았다. 목초지에 사는 아이들 대다수가 바다를 본 적이 없었지만 바다가 좋다고 대답한 아이가 반은 되었다. 문주는 등을 돌려, 바다요, 대답하는 제 동무를 뚫어지게 바라보았다. 저는 산이 좋다고 꾸역꾸역 산으로 꼴을 뜯기러 다니던 동무가 메롱 혀를 내밀었다. 산 높이 오르면 바다가 보일까 싶은 마음이었을까? 동무는 강들이 흘러 모인다는 바다가 궁금했던 모양이라고 문주가 당황스러운 제 마음을 다독거렸다.

하지만 '바다'라고 답했으므로 동무가 지혜로운가? 문주는 그 지점에서 망설여졌다. 지혜롭다는 말뜻을 정확히 알지는 못했지만 식탐이 많고 싸움을 먼저 거는 사람이 지혜

용감한 생활

로울 리는 없다고 생각했다. 하면서 속으로 '산'이라고 답한 자신은 어진가? 역시 물음이 저에게로도 돌아왔다. 도대체 어질다는 말은 더 알 수 없는 말이었다. 조용히 혼자 있는 걸 좋아하는 게 어질다는 뜻일까? 문주는 어질다, 지혜롭다, 하는 말의 뜻을 정확히 알아보고 싶었으나 목초지 가운데에 있는 학교엔 혼자 조용히 낱말을 탐색할 사전 같은 건 없었다. 오로지 선생이 그 뜻을 조금 더 풀어내어 주는 때가 오기를 기다렸다. 그러나 질문한 선생도 엉겁결에 산과 바다로 대답한 아이들도 그 문제에 더는 관심을 두지 않았다. 그렇게 시간은 흘러갔고 문주도 지혜롭고 어질다는 말에 집중했던 자신을 완전히 잊고선 대도시로 흘러들었다.

대도시에는 사람이 많았다. 사람이 산을 이뤄 산동네가 있었고 사람이 바다를 이뤄 장터가 있었다. 중학교도 고등학교도 산인지 장터인지 구분되지 않는 곳에 있었다. 그녀는 사람들이 너무나 많아서 오히려 외로웠다. 염소도 옹달샘도 소 뜯기는 동무도 없는 도시에도 너른 강은 있었는데 그 강은 다슬기를 잡으러 들어갈 수도 멱을 감을 수도 없는 강이었다. 버스를 타고 높고 긴 다리를 건너노라면 아득해졌다. 바다가 이 강보다 훨씬 더 크다면 자신은 바다를 대면

할 수 없으리라 예감했다. 끝이 없는 크고 넓은 물이라는 생각만으로도 문주의 몸이 부르르 떨렸다.

무심한 듯 다정한

윗잎 아랫잎 사이에 오이가 숨어 있었다. 문주는 잎을 들추고 팔뚝만 한 오이를 땄다. 첫 오이였다.

"화분 오이는 주부님들 손바닥에서 손목을 넘어가기 전에 따야 합니다. 팔뚝만 해지면 늦습니다. 영양분을 독차지해서 팔뚝이 되는 겁니다. 팔뚝 크기가 되기 전에 따주어야 해요."

앞치마 주머니에서 담백한 말씨가 들려왔다. 얼굴이 화끈거리는 것은 따가운 볕도 볕이었으나 '옥상농부'의 조용조용한 서울말씨 탓이지 싶었다.

핀잔처럼 여겨진 '옥상농부'의 가르침을 끝 뒤 문주는 작은 시멘트 마당을 벗어났다. 오호, 엄마가 드디어 오이재배에 성공했군요, 바구니에 담긴 팔뚝만 한 오이를 보며 스물일곱 세미가 말했다. 망종을 닷새 앞둔 유월 첫날이었다.

봄볕이 무르익던 두 달 전 문주는 시멘트 마당에 화분들을 들여놓고 50kg 상토 네 포대를 구입해 화분을 꾸렸다.

용감한 생활

시장에 나오는 족족 모종들을 사다 심었다. 그녀의 크지 않은 마당엔 청양고추 여섯, 오이 셋, 애호박 넷, 가지 넷, 여주 넷, 토마토 다섯 개의 화분이 빼곡했다. 게다가 제법 깊은 스티로폼 상자 여섯 개엔 깻잎, 쑥갓, 적겨자, 여러 품목의 상추가 튼실하게 자라나 크지 않은 마당이 붐볐다. 작물을 키우는 데에 재미를 들인 그녀는 다이소에서 해바라기 씨앗과 봉선화 씨앗을 각각 천 원에 구입해서는 긴 화분에 뿌렸다. 잘 발아한 새싹을 독립된 화분들로 옮겨심었는데, 모종을 사서 심는 것보다 스스로 발아시킨 모종을 보는 재미가 쏠쏠해서 수레국화 씨앗을 한 봉지 더 사서는 손가락만 하게 자란 모종을 화분에 옮겨 심었다. 알맞은 자리를 잡은 수레국화는 어느새 듬직하게 키를 키웠고 봉선화 몇 놈은 벌써 꽃을 피울 참이었다.

식탁 위에 너른 차양모자를 벗어 둔 문주가 급하게 냉장고를 연다. 막걸리를 벌컥댄다. 그녀가 작은 양파망 다섯 개에 나누어 대엿새 말린 햇마늘 한 통을 꺼내 마른 뿌리를 자르고 한 알씩 떼어내니 큰 알이 여섯 개 중간치가 네 개, 맺히다 만 것이 다섯 개다. 그녀는 큰 알 다섯 개를 골라 껍질을 깐다. 밖에선 아이옹, 아이옹, 아이옹, 발정 난 고양이의 힘겨운 소리가 계속된다. 그녀는 버선코 같이 희고 날렵한 마늘 다섯 알을 개수대에 나뒹굴던 본죽 통에 넣은 뒤 물을 받아 두고 주방 저쪽 식탁으로 와 막걸리 한 사발을 더 따라 마신다. 막걸리 두 사발만큼 마음이 느긋해진다.

 문주의 눈이 그림엽서 같은 창밖 풍경에 머무른다. 푸른 하늘에 뭉게뭉게 핀 흰 구름을 진초록 일색으로 변한 장년의 산이 떠받치고 있다. 산으로 둘러싸인 분지에 자리한 소도시여서 가깝거나 멀 뿐 창을 마주하면 사방으로 산이 보인다. 여기에 내가 있구나. 문주는 아침 도마질의 흔적이 두어 줄 새겨진 왼손 검지를 보며 중얼거린다. 문득 '이곳에 내가 이렇게 있네' 하는 자각이 올 때가 있다. 그러면 그녀는 과거로 내달리는 상념들을 따라 멀리까지 날아간다. 느릿하고 찬찬하게 하염없이. 그럴 때의 바람과 볕은 평소보다 훨씬 섬세한 자국을 살갗에 남긴다. 아이구, 센티멘털은 이제 그만.

 그녀가 창으로부터 눈을 거두자 식탁에 놓인 바구니가 들어온다. 첫 오이로 저녁은 비빔국수나 해 먹으면 되겠다고 납작한 대바구니에 놓인 번듯한 오이의 빛나는 껍질에서 눈길을 거두고는 휴대폰을 꺼내어 거치대에 올린다. 우렁찬 닭 울음과 나지막한 이국의 말소리가 들려오는 세상을 구경하며 문주는 뙤약볕으로 나가는 대신 막걸리를 한 사발 더 따르며 본격적으로 구독자의 자세를 잡는다. '옥상 농부'의 채널만큼 요즘 그녀가 자주 들락거리는 이 채널은 예닐곱 살은 됨직한 딸애와 삼십 중반인 듯한 엄마의 일상을 기록하는 베트남 모녀의 채널이다.

 엄마를 부르는 아이의 한가로운 목소리와 어이, 하며 대답하는 엄마의 느긋한 목소리가 정겹다. 메열, 하고 아이가 부르는 소리는 엄마, 라고 들리고 엄마의 어이, 하는 대답은 오냐, 하는 소리로 들린다. 어린 딸과 둘이 외딴곳에 살며 채소와 오리와 닭을 키우는 엄마, 그 엄마를 야무지게 돕는 딸애의 일상을 담은 브이로그에는 딸애 나이 때의 어린 문주가 볼 수 없던 젊은 엄마의 고투가 보인다. 저 모녀가 무슨 사연으로 단둘이 외진 곳에 살게 되었는지 알 수 없지만 문주도 저 딸애 나이 때에 엄마와 단둘뿐이었다. 너무나 지혜롭고 너무나 힘겹고 너무나 단정하고 너무나 다정한 젊은 엄마들이 고독한 저 마음을 매어둘 단단한 기둥이 곁에 있다면 얼마나 좋을까. 엄마 곁을 맴돌며 작은 손으로 제 엄마의 노동을 돕는 저 딸애와 무심한 듯 다정한 저 엄마의 몸동작이 문주를 사뭇 더 먼 시절로 데리고 간다.

엄마의 이름은 수옹

베트남 엄마의 이름은 수옹이다. 수옹 씨는 키가 크고 호리호리하다. 얼굴은 영락없는 어린 시절 동무 숙이 엄마의 얼굴이다. 코가 납작하고 눈이 가늘고 피부가 얇은 숙이 엄마가 짧은 파마머리였다면 수옹 씨는 긴 머리를 고무줄로 묶은 게 다를 뿐. 그런데 손이 정확하고 일머리가 빤하며 수줍음이 많은 저 예닐곱 살의 아이는 동무 숙이가 아니라 문주 저처럼 보인다. 뽀송하고 귀여우며 음전한 저 딸애는 딸부잣집 숙이가 아니라 외동 문주가 맞다. 어린 문주는 빨간 플라스틱 들통에 물을 받아와 수옹 씨가 페트병에 심어 놓은 꽃들에게 물을 주고 있다. 물뿌리개나 바가지는 없다. 그저 한 손은 들통을 들고 다른 손은 꽃을 향해 물을 튕기기. 아무런 도구가 없어도 그 손동작 하나가 더할 나위 없이 적당하다. 수옹 씨는 대나무로 엮은 고깔 모양 바구니를 둘러메고 납작한 채반은 옆구리에 끼고 비탈을 뛰듯 내려간다. 이 비탈의 끝엔 제법 너른 강이 흐르는데 그 강에 그물을 치고 수옹 씨는 오리도 키운다. 그러나 그녀는 급하게 강까지 내달리지 않는다. 중턱에 마련한 채소밭 가에 딱 멈추더니

용감한 생활

안정되게 걸음을 옮긴다. 깔때기 모양의 바구니를 벗어 둔 수옹 씨가 채반을 들고 계단식 밭을 걸어가며 대나무로 엮은 공중 텃밭에 매달린 아이 팔뚝만 한 오이를 딴다. 예닐곱 개가 채워지면 그녀는 우묵한 바구니에 옮겨 담는다. 그렇게 바구니 가득 오이가 수확된다. 그녀는 납작한 바구니를 깔때기 모양의 바구니 위에 엎어 덮고는 배낭을 메듯 양어깨에 끈을 끼우고 비탈을 오른다. 제 엄마의 모든 낌새에 민감한 딸애는 어느새 선풍기를 방에서 꺼내와 땀에 흠뻑 젖은 엄마가 오이를 부려놓는 부엌 쪽에 놔둔다. 엄마가 대나무가 아닌 시멘트블록으로 지은 모녀의 방으로 들어가 방문을 닫을라치면 아이는 엄마의 운동화를 찾아와 문 앞 바닥에 내려놓는다. 아이도 이미 슬리퍼가 아닌 운동화로 바꿔 신었다. 제 몸통보다 큰 채반 위로 채소 묶음 대여섯 개가 올려진다. 어린애는 넓은 채반을 다루기가 쉽지 않다. 그러나 제 모친을 닮아 야무진 딸애는 거추장스러운 넓은 채반을 들고 한 시간을 걸어 시장에 당도한다. 다 키운 오리 세 마리씩이 들어간 조롱을 대나무에 걸어 짊어진 수옹 씨의 꼿꼿한 허리도 어느새 앞으로 쏠려있다.

이 채널의 힘은 꿀벌처럼 일하는 수옹 씨의 노동이 마

치 저의 일처럼 느껴지도록 하는 점에 있다. 화려하고 대단한 일은 아니지만 그 강도가 어마어마하다. 수옹 씨는 일상의 일을 척척, 프로그램된 기계처럼 너무나 순조롭게 처리해 나간다. 그런 그녀가 제 노동의 확신을 잃고 수줍어지는 때는 사람들이 모여 있는 곳, 이를테면 시장이나 학교 같은 곳에 있을 때다. 다행히 오토바이를 탄 남자가 나타나더니 오리 여섯 마리를 통째로(조롱과 대나무 막대기까지 그대로) 구매한다. 오토바이 짐칸에 자신이 양어깨로 떠받치고 온 오리들을 싣는 걸 수옹 씨가 돕는다. 딸애는 조금 떨어져서 이 거래를 관망한다. 딸애가 가누기 힘든 커다란 채반을 어서 바닥에 내려놓았으면 좋겠다고 문주는 안타까워한다. 오리 값을 받은 수옹 씨가 딸애의 채반을 건네받아 들고 아이 등을 밀며 채소전 귀퉁이에 쪼그리고 앉는다. 오리를 지고 오느라 저울도 가져오지 못했다. 채반에 담긴 채소를 누군가 통째로 사 가지 않는다면 채소를 담아줄 비닐봉지도 옆 상인에게 꿔야 할 판인데 다행히 젊은 여자가 커다란 비닐을 가져와 냉큼 채소를 한꺼번에 구매한다. 이제 두 모녀에게 남은 짐은 없다. 오목한 망태기도 없으니 수옹 씨는 가볍게 집으로 돌아가면 된다. 딸애가 좋아하는 음료 하나를 사주면 좋겠는데 그녀는 닭 모이를 한 자루 사서 어깨에 멘다. 강인한 여전사도 닭 모이의 무게에 순간 휘청인다. 누가 볼세라 이내 꼿꼿하게 허리를 세운 그녀가 딸애의 등을 밀며 장거리를 빠져나간다. 달고 시원한 음료 하나를 기대했던 아이가 팔뚝으로 연신 눈물을 훔치며 떠밀려 간다.

깨끗해서 서러운

예닐곱 살의 문주는 끝자리가 4일과 9일인 날을 날마다 기다렸다. 문주의 시간은 4일 또는 9일에 반짝 살아났다. 엄마가 저고리를 입고 분을 바르면 장으로 간다는 신호였다. 문주는 엄마의 치맛자락을 잡고 이십 리 길을 무조건 따라나섰다. 4일인지 9일인지 달력을 볼 줄 알아서가 아니었다. 난닝구에 몸빼 차림이던 엄마가 치마저고리를 곱게 입고 동동구루무 냄새를 풍긴 탓이었다. 장에 도달할 즈음엔 스무 명 남짓 긴 줄이 되던 그 신작로의 풍경은 얼마 전까지도 가끔 꿈에 나오곤 했다. 일행들이 장마당에 도달하면 일정하게 함께 걷던 호흡이 끊어지고 걸음도 바삐 각자의 볼 일을 위해 흩어진다. 장마당은 이미 북적대서 앞에서 걷고 뒤에서 따라오던, 보따리를 인 아줌마나 지게를 진 아저씨들을 찾을 수가 없다. 오로지 엄마의 치맛자락이 생명줄이다. 엄마를 놓쳐버리면 끝이다. 북새통 속에서 어린 문주는 극도의 공포를 맛본다. 엄마는 뭐를 팔러 나온 게 아니라 사러 나온 것이다. 뭐를 사러 나온 걸까? 그제야 이고 진 장꾼들과 달리 엄마의 걸음이 단호하지 않고 머뭇댄다는 걸 알게 된다. 예닐곱 살의 문주가 몰랐던 사실이다.

 장마당에서 어린애는 밀가루 익는 냄새에 온통 마음을 빼앗겼다. 풀빵 냄새에 빠져 엄마의 치맛자락을 놓친다. 허전한 손. 빙글빙글 도는 커다란 인파. 엉엉엉. 터져 나오는 울음을 숨기지 못해 부끄럽지만 울음을 막을 수 없다.

 모든 모성의 가장 큰 공포는 아이를 놓치는 것이다. 하지만 딸들은 장마당에서 저를 놓쳤던 엄마의 무서움보다 엄마를 놓쳤다는 제 두려움에 빠져 산다. 엄마를 놓쳤다는 어린애의 공포와 엄마를 다시 만나게 되기까지의 영웅적이라 여겨지던 제 면모만 기억한다. 문주가 그랬다. 엄마는 늘 엄마였고 그 관계에서 저는 언제나 딸이었기에 두려움과 무서움은 철저히 저만의 것이었다. 그런데 애 엄마가 되면 공포는 순식간에 역전한다. 비로소 제 엄마의 공포가 보이는 것이다. 저절로 눈시울이 붉어지는 것이다. 하교 픽업시간을 놓친 이국의 엄마가 허둥지둥 뛰어가며 발산하는 저 모성의 공포 앞에서, 문 닫힌 교문 앞에서 메얼, 메얼, 엄마를 찾으며 훌쩍대는 딸애의 공포 앞에서 문주가 화면을 멈춘다.

문주는 안경을 벗어 식탁에 두고 마스크와 넓은 차양 모자를 쓰고 마당으로 나선다. 수돗가 벽에 걸린 수은주를 들여다본다. 섭씨 27도. 날씨가 쾌청하여 볕이 뜨겁다. 지금 이 기온에도 살갗이 타는 느낌인데 남아시아 곳곳은 사월부터 벌써 50도를 넘었다 한다. 인도의 학생들은 52도가 넘는 열폭에 전해질 이상을 일으켜 쓰러져 구토를 했다. 이 모두가 수온이 높아서 발생한 문제였다. 전 세계 바닷물 온도가 관측사상 가장 높다고 연일 보도되고 있다. 서태평양이 어떻고 인도양이 또 어떻다는 우려가 속속 이어졌다. 이 나라의 이 달은 고기압 속에 맑은 날씨가 이어지리라는 예보. 반도를 둘러싼 바다 역시 높은 수온 탓에 국지성 호우가 있겠고 날이 푹푹 찔 거라는 예측이 쏟아졌다. 인도양 수온이 높으니 이 나라 칠팔월엔 수증기가 다량 유입될 거라며 예보관들은 달을 넘어가는 예보까지 내놓고 있다. 아시아는 기후변화로 인한 재해가 가장 큰 대륙이라고 걱정한다. 날씨가 대체로 맑았던 이달이 지나면 곧바로 이 나라엔 폭염과 폭우가 번갈아 나타날 거라는 예측들에 그녀는 새는 지붕이 걱정이다. 장마가 오기 전에 지붕을 고쳐야 할 터였다. 산자락을 깎아 농사를 짓는 이웃들이 더는 비탈을 깎아내지 않기를 바랄 뿐이었다. 걱정스러운 예보들에도 불구하고 이 나라 이 고장의 오늘 날씨는 볕과 바람이 맑고 깨끗하여 맥없이 서럽다.

채널들

문주의 랜덤한 엿보기는 집수리와 가드닝을 보여주는 노처녀의 브이로그인 '조안나의 스위트 홈'으로부터 시작되었다. 그러다가 '핀란드 부시크래프트'와 같은 캠핑 영상을 거쳐 '네팔 패스토랄 라이프' 쯤에서는 구독이란 걸 알게 되었다. 더불어 채널이란 말을 자연스럽게 알게 되었고 심심할 틈 없이 손바닥 안에서 펼쳐지는 세상의 하루들을 구경했다. 킬링타임 용인 '기묘한 미스터리' 류의 채널들과 '주택박사', '옥상텃밭'과 같은 실제 정보들로 구성되는 채널들까지 문주가 구독하는 채널은 어느새 30개에 이르렀다. 출연자들이 자기의 목소리를 기계음으로 바꾸어 내지만 않는다면 괜찮았다. AI는 띄어 읽기를 못해서 듣기에 거북했다. '산골 일기'처럼 차라리 빗소리나 새소리가 소리의 전부여도 좋았다. 그러다 어느 순간 문주는 엿보기에서 행하기로 넘어갔다. 문주는 '주택박사'를 통해 서남해 땅끝에 쓰러져 가는 폐가를 구입해 놓고 세 해째 애를 끓이고 있다. 지나쳤다. 엿보기에서 멈췄어야 했다.

한번은 가서 봐야 할 텐데. 가서 봐야 헐든지 수리하든지 결정이 날 텐데. 지금으로서는 애물단지가 되어버린 폐가를 약간 리모델링하여 되파는 게 가장 합리적인 선택이었다. 그런데 그곳은 여기서 너무나 멀다. 기차를 타고, 다시 버스로 갈아타며 그 먼 거리를 나아갈 의지가 지금의 문주에겐 없다. 행동이 없다 보니 걱정만 우후죽순처럼 자라난다. 조만간 걱정의 뾰족한 뿔에 걸려 넘어질 일만 남았다는 예감으로 몸이 기우뚱거린다.

젊은 엄마 만지가 남긴 우정의 하트

이 고장이 자신을 소개하는 캐치프레이즈는 '어머니의 품 같은 곳'이다. 크고 작은 산들이 고장을 둘러싸고 있는 남도의 한 지방을 세 식구가 방문하게 된 데에는 '목가적인 생활'이라는 네팔의 영상 콘텐츠가 큰 영향을 끼쳤다. 수줍음 많은 젊은 부부는 서로 눈도 마주치지 못한다. 말도 없이 그저 묵묵히 표정으로 발로 손으로 생활을 해나간다. 키가 큰 목부 남편은 대나무로 집을 짓고 아기 바구니를 만들고 나이 어린 아내의 일을 거들 적에도 빙긋 웃기만 한다. 콘텐츠의 대부분은 어린 아내가 산속 옹달샘에서 물을 길어오고 불을 때서 밥과 요리를 하는 장면으로 채워져 있다. 초록의 구릉과 소와 염소들, 울타리에 널린 빨래들이 종종 화면에 등장하지만 그건 쉬어가는 페이지였다. 카메라의 중심은 언제나 부엌 가운데에 놓인 화덕자리였다.

젊은 부부의 일상을 보노라면 손이 근질거렸다. 불을 피워 밥을 하고 대나무를 쪼개고 엮어 울타리를 세우고 요람을 만드는 걸 볼 때마다 손을 움직이고 싶은 열망이 문주를 사로잡았다. 화덕에 도란도란 둘러앉아 맨손으로 집어먹는 밥맛은 어떨까? 그건 따라 해 볼 수 있을 것 같았다. 문주는 남편 제이와 딸 세미를 꾀어 노브랜드 상점에서 네팔 접시를 닮은 스뎅 접시 세 개를 사 왔다. 하지만 맨손 식사는 실패했다. 네팔식 카레를 만들어 접시에 담고 손으로 주물주물하여 밥 덩이를 손에 모으기는 했는데 입으로 넣기가 몹

시 어려웠다. 문주의 꼴을 본 부녀는 조용히 숟가락을 들었다. 이 실패에도 손의 욕구는 멈춰지지 않았다. 결국 문주의 손은 시골 빈집만을 골라 부동산을 중개하는 '주택박사' 채널까지 가닿고 말았다.

그리하여 마침내 '어머니의 품 같은 곳'이라는 이 고장에서도 가장 남쪽 끝에 위치한 바닷가마을에다 폐가 하나를 마련하기에 이르렀다. 두 광역시 사이에 자리한 세 식구의 근거지에서 새로 장만한 폐가까지의 거리는 258km, 육백사십오리나 되었다. 폐가까지 가는 데엔 시속 100킬로의 속도를 내어 자동차로 쉬지 않고 달려도 세 시간 가까이 걸리는 거리였다. 대여섯 해 전에 그들은 낡은 승용차를 폐차하였으므로 이곳까지는 대중교통을 이용하여 오갈 수밖에 없는 것이다. 마을버스와 고속기차와 전철, 시외버스와 농어촌 버스를 차례로 이용하여 마침내 이곳에 당도했는데 총 6시간 30분이 소요되었다. 환승하는 데에 걸리는 시간이 짧으냐 기냐에 따라 차이가 있겠지만 변함없는 사실은 그들에겐 적어도 다섯 개의 차 시간표가 정해놓은 대로 움직여야 한다는 것. 앞으로도 큰맘을 먹지 않으면 남도의 끝자락을 향해 발걸음을 떼기가 어려울 터. 비단 시간만의 문제가 아니었다. 세 식구가 이곳을 오가는 교통비가 생활에 상당한 타격을 줄 거라는 것도 알게 되었다.

눈 위에 서리가 덮인 격으로 세 식구는 사는 곳 근처에 작은 점포 하나를 냈기에 남도행은 더욱 부담이 될 거였다. 점포를 내게 된 것은 남도 끝에 얻어놓은 이 집을 수리하는 비용을 마련하기 위해서였으나 새로 연 동네책방은 집수리를 보조하기는커녕 월세만 잡아먹고 있었다. 즐겨 찾는 채널인 '목가적인 생활'에 들르는 횟수도 뜸해졌는데 그저께 술기운에 취해 문주가 그들의 채널에 푸념을 달아놓고는 그 사실을 까맣게 잊고 있었다.

소무가 대나무를 쪼개고 엮어 울타리를 만들고 아이 요람을 만드는 걸 보는 건 참 흐뭇하다. 만지가 돌 세 개 위에 솥을 걸고 나무를 때서 밥을 짓고 요리하는 걸 보면 나도 불을 때서 요리를 하고 싶어진다. 그랬다. 그래서 뒤란에 대나무가 자라고 마당 옆으로 텃밭이 있는 집을 하나 장만했다. 그런데 너무 멀어 갈 수가 없다. 게다가 이 폐가는 대나무밭 옆으로 제각이 있고 밭 가운데에 으스스한 돌우물도 있어 벌써부터 무섭다. 지붕도 없이 주저앉기 직전인 이 집을 구하게 된 것은 순전히 너희 부부 때문이다. 이 낭패를 책임져라.

 한글로 작성된 긴 댓글에 긴 머리 젊은 엄마 만지가 하트를 남겨놓았다는 알림이 와서 문주는 깜짝 놀라 채널에 접속했다. 문주의 댓글 밑으로 대여섯 개의 대댓글이 달려 있었다. 댓글들을 보니 한국 사람들 중에도 이 부부의 채널을 구독하는 사람들이 좀 있는 모양이었다. 여러 가지로 낭패였다. 특이할 것도 없는 이름 '문주'가 버젓이 드러난 제 댓글을 읽으며 그녀는 뺨을 붉혔다. 그저 티비를 시청하듯 짧은 다큐멘터리를 감상하듯 그렇게 지나갔으면 될 일이라고 고개를 흔들며 볼을 부여잡았다. 이 짧은 에피소드가 문주를 자극했다. 덜컥 사놓고 아직 보지도 못한 폐가의 실체를 한번은 봐야겠어서 세 식구가 반도 끝으로 내려온 거였다.
 집은 할 말이 없을 지경이었다. 남향으로 볕이 잘 드는 것 외엔 철거도 수리도 불가해 보였다. 좁은 골목으로는 포클레인도 들어올 수 없을 거였다. 오로지 사람의 힘으로 부수고 나르고 세워야 하는 집이라니. 세 식구는 입을 다물고 바람도 없이 따가운 볕만 내리쬐는 고샅을 묵묵히 빠져나왔다. 허리 고부라진 할머니를 따라 나오다 펜스 문이 닫히자 가만히 서서 사람 발소리에 귀를 쫑긋대는 강아지 한 마리를 만나 그나마 어둡던 마음이 펴지기는 했지만.

숲

어떤 실제는 경험하고 확인해도 꿈 같다. 남도 끝에서 돌아온 문주는 긴 양말을 찾아 신고 장화를 거듭 꼼꼼히 챙겨 신고 팔 토시를 낀 뒤 너른 차양모자를 쓰고 물뿌리개 가득 물을 담아 집의 뒤편 숲으로 향한다. 아랫집 밭 주인이 작년 봄, 시 외곽에 평평하고 너른 밭을 사서 클레마티스 재배에 열중하면서 방치되었던 이 작은 숲이 올봄부터 문주의 놀이터가 되었다. "하고 싶은대로 맘껏 뭐든지 하세요. 밀림만 안 되게 해주소." 밭 주인이 그런 제안을 해왔을 때 그녀는 사실 썩 내키지 않았다. 일종의 가드너, 집사의 역할이 맡겨졌다고 여겼기 때문이었다. 그런데 그 역할이 생각보다 재미가 있었다. 삽과 낫과 호미를 들고 문주는 근사한 오솔길 두 개를 복원했고(밭 주인이 시멘트로 디딤돌들을 만들어 뒀던 곳이다) 지금 외곽에서 근사하게 재배되는 시초가 되는 클레마티스 터널을 복원했으며 밭 주인의 실험실이던 틀밭 세 개엔 흙을 더 채워 잎들깨와 상추를 심어 놓았다.

하더라도 숲이라고 부를 만큼 큰 나무들이 자라고 있는데다가 좁고 긴 계단식 땅이어서 머위나 호박 외에 더 작물을 심기는 어려웠다. 가장 윗단의 땅이 볕도 들고 그나마 평평하고 널찍해서 밭으로 쓸 만했지만 밭 주인이 손수 만든 작은 농막과 개 두 마리를 키우던 우리가 다 차지하고 있어서 손을 대기가 쉽지 않았다. 그리하여 문주는 숲을 밭으로 사용하기보다는 정원으로 가꾸는 게 좋겠다 싶었다.

농막은 언제나 자물쇠로 잠겨 있었다. 울타리만 남은 채 개들도 보이지 않았다. 지난해 겨울 어느 밤, 문주는 야수에 목덜미를 물린 듯한 울음소리를 이틀 연속으로 들은 바 있었다. 그 신음의 주인이 개 두 마리였다는 것을 그때에도 어렴풋이 알고 있었다. 겨우내 개 울타리 쪽에서는 생명활동의 아무런 징후가 없었으므로 충분히 짐작할 수 있었다. 그래서 이른 봄, 밭 주인이 클레마티스를 모두 캐내도 좋으니 저 작은 숲에서 무엇이든 해 보라는 제안이 더욱 마뜩잖았는데 야생이 관리된 유월의 숲은 깊고 다정했다.

그러나 날이 어두워지면 문주는 숲이 다시 야생으로 돌

아간다는 느낌을 받곤 한다. 해가 떠서 해가 질 때까지 그녀는 분주하게 움직이지만 해가 완전히 지면 그녀는 작은 침실에 누워 티비를 켜두고도 손아귀에 든 휴대폰을 들여다보며 시간을 죽인다. 날씨 채널과 수옹 씨 채널과 남쪽 고장의 농가주택 매물을 소개하는 부동산 채널, 이태 동안 빠져 매일 들락거렸지만 이제는 수옹 씨 채널에 완전히 밀린 네팔의 패스토랄 라이프, 오래전에 가끔 드나들던 핀란드 남자의 부시크래프트 채널을 무작위로 찾아들었다. 문주는 자신이 언제 잠들었는지 알 수 없었고 티비나 휴대폰은 아침이면 얌전하고 조용하게 꺼져 있었다. 그렇게 유월이 가는 중이었다. 그런 어느 날 '숲'으로 믿을 수 없이 가혹한 소식이 전해졌다.

나 중환자실이야. 무서워. 소식 늦게 전해 미안.
우람하여 큰 그늘을 드리우던 나무가 갑자기 전해 온 소식에 '숲'이 요동쳤다.
"일반실로 올라만 가면 바로 면회를 갈 거야."
창밖 어둠에 잠긴 숲을 바라보며 문주가 말했다.
"그래, 가자."

남편이 외출복으로 갈아입으며 말했다. 제이는 당장이라도 서울 큰 병원 중환자실로 올라갈 기세였다.

"일반실로 올라가야 면회가 돼."

"아, 그렇지."

황망해하는 부모와 달리 단잠에 빠진 세미에게선 편안한 숨소리가 났다.

'숲' 단톡방에 동무가 올린 오타 천지인 소식에 문주는 두려움과 조급함에 사로잡혀서 동무에게 어떤 답장도 보낼 수 없었다. 탄식과 위로가 쌓이는 단톡방을 빠져나와 동무와 둘이 주고받은 문자들 속으로 숨었다. 지난 시간들을 손가락으로 올렸다 내렸다 했다.

긴 문자 1

좀 전에 도스토예프스키의 토 자리가 생각이 안 나서 한참 헤맸어. 도스(프)예프스키? 도스(트)예프스키? 분노가 뇌의 고리를 끊는구나 싶었어. 나에게 정신적 타격이 왔구나. 예전엔 정신적 타격이란 말을 이렇게 몸으로 느끼진 못했거든. 평면을 미끄러지던 개념어에 불과했어. 그런데 지금은 정신적이란 개념어가 몸처럼 일어나 타격하는 거야. 느

꺼져. 이 상태의 몸이 이 상태의 정신인 거야. 분노는 뇌의 고리를 끊어. 익숙한 (토)를 찾지 못하고 (프), (트), 이런 건 시작이지. 조만간 (　)만 남을 거야. 그래서 분노가 쌓인 사람은 기억력이 약해진다는 걸 알았지 뭐니. 내가 기억의 천재 푸네스 급으로 기억력이 좋았던 건, 내 정신의 상태가 좋았던 거야. 분노가 쌓이지 않아서 몸으로 일어서지 않았고 평면을 미끄러질 수 있었던 거지. 분노를 쌓지 않을 수 있었던 건 가족과 친구들과 함께하는 생활에서 나왔던 거고. 예전에도 지금도. 사람들은 우리만큼 좋지 않은 모양이야. 분노가 다 일어나 있어. 그래서 미끄러져 여전히 평평한 우리에게 자기들의 분노를 던지는 거야. 우리는 그 분노를 받을 이유가 없어. 나의 분노도 남이 던진 쓰레기도 뇌의 고리를 끊을 권리가 없는 거지. 그런데 요즘의 난 문장의 앞은 기억이 나는데 뒤는 텅 빈 괄호야. 그래서 말이야, 뇌의 고리가 멀쩡한 너희의 방어막이 절대적으로 필요하구나 싶은 거지. 우리는 우리들로도 더없이 좋았는데 왜 나는 뇌의 고리가 빠지고 있지? 분노가 몸으로 일어난 사람들 때문이구나, 너무 늦게 알게 된 거지. 제가 쌓은 분노든 남이 던진 쓰레기든 분노가 쌓이면 반드시 뇌의 고리는 끊어진다. 나는 이 새로운 가설을 일단 따라가 볼 거야. 뇌의 고리가 더 끊어지기 전에. 그렇지만 분노를 가지고 실험을 할 수는 없어. 우리는 분노에 대한 면역이 약하니까. 대신 다정을 키우는 방식으로. 다정은 면역력이 크더라.

문자 2

여백의 공간. 저 작은 숲이 없다면 이 방은 아무 의미가 없다. 형광등의 백색 아래에선 어떤 음악도 나올 수 없다던 누군가의 말이 떠오른다. 촛불이 딱 좋겠지만 하다못해 오렌지빛 간접등 아래서라야 창작이 가능하다던 그 말 역시도 여백을 만든다는 의미였구나. 내가 오늘 여기 너희 뒷방에서 깨닫는다. 그래서 창 앞에 책상을 둔 거로구나. 여백을 만드는 창이 없다면 하다못해 벽을 등지고라도 앉아야 앞의 빈 공간을 볼 수가 있군. 면벽 수행이라면 또 몰라. 그럴 적에도 우선 방석을 깔고 앉아야 하고, 생각을 멈춰야 할 터. 아무튼 책상에 앉아 벽을 바라보는 일은 허무한 일이다. 책상에 앉을 거면 벽을 등져야 한다. 앞에다 여백을 놓아야 한다.

너의 모든 힘은 가족에게서

"문주, 네 글엔 유머가 없어. 알고 있니? 알겠지."

"응, 나도 그게 나의 아킬레스건이라고 생각한 지 좀 됐어."

지난해 이맘때 책방을 낸 우리를 방문해서 하루 자고 가며 네가 이렇게 말했지. 승희 씨랑 제이가 장을 봐 오는 사이 너는 또 이런 말도 했지.

"문주야, 이제 제이 씨랑 너, 더 당당해도 돼. 내가 사반세기 전에 너희더러 리스크가 큰 가족이라고 했잖아? 너희 부부가 생활의 안전장치 하나 없이 움직이는 게 아슬아슬했거든. 나 말이야, 너희 부부가 무모하게 용감해서 걱정스러웠어. 그런데 언제부턴가 말이야, 그렇게 말한 걸 내가 내내 후회하고 있더라."

"그 말만 했간디? 그때 우리가 이사한 고장에 내려온 네가 이런 말도 했잖아. '서울보다 더 녹지 공간이 없는 지방 도시가 어딘지 아니? 바로 너희가 내려온 이곳이라더라.' 너, 생각 안 나지?"

"야, 내가 그런 말도 했어?"

동무는 면회가 안 되는 중환자실에서 홀로 사투를 벌이

는 중이다. 문주는 그에게서 무슨 말이라도 듣고 싶다. 목소리란 게 이토록 애가 타게 그리운 거였구나. 오래전의 대화들이 시도 때도 없이 불쑥, 불쑥. 아, 너는 다정과 연민이 넘치는 동무인데. 너랑 자분자분 말을 나누고 싶은데.

네가 해마다 제이에게 이런저런 리스트를 요청하는 걸 보며 "다정도 병이다. 저의 필요보다 곁에 있는 자들의 성장에 더 환호하는 너를 어쩌랴." 혼자 투덜대기도 했지. 그 리스트를 다 읽으리라고는 감히 생각하지 못했지만 너는 때가 되면 독서목록을 요구했지. 스무 해나 지속되던 너의 그 요청이 멈춘 게 삼 년 전이었다고 제이가 말하네. 그때 너는 현대철학을 주욱 훑을 수 있는 책 목록을 요구했다지? 그때부터 네가 아팠다는 것도 이제야 알았네. 네 목소리가 그리워 승희 씨에게 전화를 했거든. 네 남편의 위장된 씩씩함에 마음이 무너져서는 냅다 성질을 부렸지. 아, 뭐여! 삼 년 전부터 아팠다고? 그걸 면회도 통화도 안 되도록 해놓고 이제야 알려?

제발

문주는 울컥울컥 올라오는 울음을 누르며 차양모자를 쓰

고 장화를 신고 숲으로 나갔다. 난폭한 시간이 부디 부드럽게 흐르기를 소망했다. 숲의 우람한 나무를 껴안고 등을 토닥였다.

무성한 초록의 잎새들이 쏴르르 나부꼈다. 곧고 높은 나무에 등을 대고 앉은 문주가 작은 노트를 꺼내 적었다.

－숲의 풍경을 오래 바라보기

－새소리 듣기

－호흡을 차분하게 되살리기

－믿고, 중심을 잡기

텀벙, 옹달샘에 낱말이 어둡게 가라앉았다.

다시 낱말 놀이가 시작되었다. 옹달샘 옆 바위에 가만히 내려놓던 낱말들이 숲의 큰 나무들 아래에 놓였다. 언제나 놀이의 시작은 정수였고 끝은 제발, 이었다. 숲에서 나올 때면 문주의 눈은 가끔 숲에서 만나는 우는토끼처럼 붉어져 있었다.

비단잉어

맑은 연못에 비단잉어 떼가 유유히 물살을 가르며 나아갔다. 흰 바탕에 붉은 무늬가 있는 놈, 노란 바탕에 검은 무늬가 있는 놈, 흰 바탕에 붉고 검은 무늬를 다 가진 놈, 등은 흰데 비늘이 푸른 놈, 무늬는 없이 흰 놈, 붉은 놈, 노란 놈. 그중에 온몸이 황금색으로 빛나는 황금 잉어가 독보적으로 문주의 눈길을 사로잡았다. 저와 눈이 마주치자 황금빛 잉어가 수면 위로 날아올랐는데 물 밖으로 솟구치자 그 찬란한 황금빛이 순식간에 사라졌다.

목초지도 소도 양도 옹달샘도 바위도 강물도 금빛을 잃은 물고기도 엄마의 치맛자락을 놓친 아이도 다만 빙글빙글 돌 뿐이어서 어지러웠다.

문주가 축축한 눈꺼풀을 들어 올린다. 설움만 남고 꿈의 서사 대부분이 이내 지워진다.

중부권내륙을 중심으로 매우 짙은 안개 주의! 운전시 감속 운행, 비상등 점멸, 안전거리 유지 등 안전에 유의하시기 바랍니다.

안전안내문자가 울렸다.

안개가 짙어 한 치 앞도 보이지 않았다. 더듬더듬 안개를 걸으며 가게로 내려온 문주의 손에 담배 두 갑이 들려 있었다.

  해가 뜨고도 안개는 걷히지 않았다.
  안개에 파묻힌 칠월 첫 아침이었다.
  '숲' 단톡방에 부고가 떴다. 눈앞에 두고도 숲이 보이지 않았다.

2002, 속초

 환풍기의 덜덜대는 소리는 언제나 귀에 거슬렸다. 화장실 스위치를 켜면 환풍기마저도 작동이 되었으므로 O는 화장실을 최소로 이용하려 애썼다. 하지만 오늘 같은 날은 어쩔 수가 없었다. 맥주를 마시지 말았어야 했다. 열린 문 저쪽으로부터 희미하게 킹(Ben E. King)의 '스탠 바이 미'가 들려왔다.

 꼭대기 층인 6층. 여섯 개의 방들은 모두 바다를 향해 놓여있다. 복도를 걸어와 현관문을 열면 바로 왼편에 화장실이 있고 신발을 벗고 올라오면 오른편에 두 칸 싱크대가 놓인 구조 역시 동일하다. 관리인이 넘겨준 열쇠를 받아 606

호의 문을 연 첫날 O는 눈앞의 풍경에 경악했다. 폭이 좁고 길이가 긴 사각형의 방은 벽면 하나가 전부 바다였다. 고소 공포가 있는 그녀는 방의 중간을 넘지 못하고 이쪽에서 머뭇거렸다. 접이식 밥상도 이부자리도 방의 중간 저쪽으로 넘어가지 못했다. 방 저쪽은 시야 가득 온통 바다였다. 바다를 보고 있자면 바닥이 물결쳤고 종종 멀미가 났다. 그리하여 그녀 O가 바다를 향한 유일한 창 앞에 놓인 탁자에 앉기까지는 열흘이 더 필요했다. 걸음마를 연습하듯 창 쪽으로 걸음을 옮겨보길 열흘. 창가에 다다른 그녀의 발아래 해변도로를 달리는 차들과 산책자들이 보였다. 그제야 그녀는 안심이 되었다. 그녀는 1층 리셉션 옆 편의점에서 작은 화분 하나를 사서 창 앞 간이의자에 놓았다. 화분 안에서 오데코롱민트가 싱그러운 박하 향을 모으기 시작했다. 이 작은 화분 덕에 소리에 민감한 그녀의 귀가 좀 쉴 수 있었다. 볼륨을 줄여 놓은 올드 팝처럼 가끔은 파도 소리가 희미해졌다.

현관에서 바다를 향해 놓인 다탁까지는 열 걸음 반이었다. 그녀는 어떤 통일적 분위기를 반복할 의향이 없었지만 무한히 반복하여 재생되는 곰플레이 자동시스템이 풀어놓는 '스탠 바이 미' 앞에 다시 앉았다. 날개를 편 갈매기 모양의 가로등이 해안도로를 비추었고 그 아래서 파도는 오렌지빛으로 솟아올랐다. 더 먼 바다 위엔 환한 집어등 불빛이 있어 마음의 수평을 잡아주었다. 어떤 끝이 **보인다**는 게 위로가 되었다.

그녀는 이제 파도 소리에 관해 써야 한다는 걸 알고 있었다. 종일토록 이 방에 들어차는 이 소리에 대해. 기억으로 열리는 시간이 아닌 이 현재의 시간에 대해 써 보려고 애를 썼다. 하지만 그녀의 부주의한 눈이 오데코롱민트가 자라는 간이의자 위 플라스틱화분으로 이동한 순간 파도 소리는 배경으로 물러나고 만다. 해의 충실한 동반자는 어제보다 한 뼘쯤 더 자랐고 그녀는 빛을 탐하는 잎들을 슬쩍 건드리며 코를 댄다. 가장 뒤쪽에 숨은 향기가 가장 진하다는 걸 그녀는 안다. 그렇지, 인정하겠어, 네가 거기 있는 거야. 그녀가 다시 잎들을 쓰다듬고 다시 코를 잎들에게 가져가려다 대신 분무기를 집어 들어 네댓 번 연이어 분사한다.

여기에서라면 맘 놓고 울 수 있을 거라고 생각했다. 그러나 문제는 바다를 향해 놓인 전면의 창이다. 어둠이 내려오면 이 창은 거대한 거울이 되곤 한다. 밤이 깊을수록 선명해지는 얼굴과 마주해야 한다. (그녀는 제 얼굴을 보지 않으려고 신문으로 군데군데 창을 가렸는데 용기를 내어 신문을 떼어낸 것은 불과 두 시간 전의 일이었다.)

밤의 창가에선 울 수가 없다.

그녀는 창에 비친 제 얼굴을 보며 왼쪽 귀밑머리를 쓸어내린다. 얼굴형이 더욱 모나게 탈바꿈한다. 미용사가 지나치게 기교를 부렸군. 오른쪽은 그나마 무난하네. 그래, 이쪽에라도 위안을 삼자. 이마를 덮은 앞머리를 왼쪽으로 넘겨 보지만 무슨 짓을 해도 숏컷의 머리가 여전히 낯설다.

바다로 난 창이 커다란 거울로 바뀌는 사이 맥주 깡통 세 개가 비워지고 담뱃값 하나가 휴지통에 던져졌다. 파도는 끊임없이 바위와 싸우며 목소리를 높였고 화장실 환풍기가 자주 윙윙 돌았고 몸통보다 작은 변기 뚜껑은 딱딱 불쾌한 소리를 냈다. 그녀는 죽여 놓았던 스피커 볼륨을 높였다. moon이 좋아하던 사이먼 앤 가펑클의 '더 박서'가 다시 시작되고 있었다. 노트북에 저장된 100개의 올드 팝을 선물해준 동무의 성은 문이었다. O는 그녀를 moon이란 닉네임으로 불렀다. 서른다섯의 나이로 달이 된 여고 동창이 시퍼런

생의 기운을 다 잃고서 병원 침대에 누워 간신히 모아준 이 선물은 O와 H에게 전달되었다. 캘리포니아로 돌아간 H에게선 소식이 없었다. 어쩌면 그녀도 밤 내내 전등을 켜두고 누워 moon의 목록을 반복 재생하는 지도 몰랐다. O는 새침하게 흐르는 물이었다가 터지는 폭죽이었다가를 반복하는 곰플레이 화면에 다시금 현기증이 났다.

모든 스위치를 *11*자 606호 안에는 파도 소리만 남는다.

자리를 털고 일어난 O는 지우개 하나와 커터 칼과 인주를 찾아들고 책상 앞에 앉았다. 1cm×2cm 크기의 지우개 안에 이름이 새겨졌다. Olga. 지우개 도장에 인주를 묻히기 전에 그녀는 클리어 파일 위에 형광노랑튤립 포스트잇을 붙였다. 거기에다 청색 볼펜으로 <Olga>라고 적은 뒤 지우개 도장에 인주를 묻혀 찍었다. 다음엔 형광분홍하트 포스트잇에 역시 같은 볼펜으로 <moon>이라고 쓴 뒤 필통에 가득한 서른 개 지우개 도장 중에 가장 맘에 드는 하나를 찾아서 인주를 묻혔다. 여전히 이쁘고 여전히 선명하게 달이 떴다.

맥주 캔 하나가 다시 쓰레기통으로 던져졌다. 열 걸음 반을 걸어가 화장실 스위치를 켰고 환풍기가 돌아가는 소음에 눈살을 찌푸렸고 분홍세숫대야 안에서 말라가는 로즈마리 화분을 보며 도리질을 쳤고 환풍기 소리에 물 내려가는 소리를 보태고 나와서는 스피커 볼륨을 약간 더 높이고 앉아 바브라 스트라이샌드가 감미롭게 들려주는 '그때 우리가 존재했던 방식'을 듣고 있는 것이다. 파도는 저를 봐주지 않는 여자에게 볼멘소리를 냈으나 그녀는 잔잔한 수면 같은 노래와, 볼 때마다 한 뼘씩 자라는 것만 같은 오데코롱민트에게 자라남이 벅차지 않을 만큼만 눈길을 번갈아 던져줄 뿐이다.

이 방은 파도 소리를 풍경의 하나로 지니고 있다.
이곳에서의 시간은 파도 소리와 더불어 기억될 것이다.

이곳으로 오기 위해 O는 큰 고개를 넘었다. 높은 고개를 넘어오며 봤던 층층나무와 산딸나무로부터 비롯된 눈물이었다. 꽃들이 함빡함빡 보내오는 웃음에 눈물이 터졌다. 그 첫울음에서 시작된 울음이 하루 중 어느 때고 불쑥불쑥 찾아왔다. 눈물이 찾아오지 않는 날이 없었다. 안개에도 뱃고동에도 자전거에도 고양이에도 불쑥불쑥 눈물이 났다. 다행히 그녀는 석 달 동안 흘린 눈물의 값만큼 비워졌고 이제 조금 몸을 움직일 수 있게 되었다. 구름이 된 동무 마야코프스키를 되짚는 보리스 파스테르나크의 말소리에 귀를 기울일 수 있을 만큼은 비워져 있었다.

   그는 일찍이 별로 힘들이지 않고 미래를 터득해서,
   그의 삶은 어려서부터 미래에 좀먹혔던 것이다.

   해안도로 가로등 아래로 달려온 파도가 오렌지빛으로 부서졌다. 기슭을 향해 달려온 파도는 언제나 부서졌지만 멈출 줄 몰랐다. 그때 O는 보았다. 낙하하는 빛무리 아래 두 남녀가 서 있었다. 남자가 여자를 안고 등을 토닥였다. 곰플레이가 무한 반복 재생하는 노래와 같은 구슬픈 고백이 그녀의 귀에 생생하게 들려왔다.

   나에게
   〈나〉는

2002, 속초

너무 작다.

누군가가 나로부터 자꾸만 찢겨나간다.

여보세요!

누구세요?

엄마?

그래!

엄마의 아들은 멋진 병에 걸렸어요!

엄마!

심장에 불이 났어요.

류다와 올랴 누이에게 전해주세요―

이미 저는 몸둘 곳이 없다고요. *

커다란 파도가 달려오고 있었다. O에게도 달려가 부서질 기슭이 필요했다. 그녀의 장소에서 가장 먼, 아는 사람 하나 없는 이곳으로 그녀가 달려온 이유였다.

* 마야코프스키의 시 <바지를 입은 구름> 중의 일부

태양 아래 어둠

 외할머니가 돌아가셨다. 영이의 여섯 번째 생일 아침이었다. 난생처음 받아보는 생일 선물과 달콤한 케이크의 맛이 채 가시기도 전에 영이는 복희이모 손에 이끌려 완행버스를 탔다. 마을의 모내기가 끝나면 돌아갈 곳이었고 슬슬 엄마도 보고 싶었지만 갑작스러운 귀향이었다. 군의 터미널에서 한 번 더 갈아탄 버스는 목적지까지 가지 못했다. 서너 정거장 앞에 영이와 이모를 내려준 기사아저씨는 이참에 튼튼한 시멘트 다리가 놓일 모양이라며 이모를 위로했다. 홍수가 나서 다리가 떠내려가 버렸던 거였다. 해마다 있는 일이었다.

봄장마에 불어난 너른 내의 물살은 어린 영이가 건너기엔 턱도 없이 드셌다. 바짓가랑이를 걷고 양말을 벗어 이모가 사준 운동화에 말아 넣은 영이가 뒤를 돌아본다. 이모도 양말을 벗어 신발 안에 넣는다. 두 켤레의 신발을 가방에 넣은 이모가 영이에게 등을 내준다. 좁지 않은 내다. 불어난 물살이 거칠게 이모를 휘감을 때마다 이모 등에 업힌 영이도 덩달아 흔들린다. 업은 어른도 업힌 아이도 잔뜩 겁이 난다.

간신히 내를 건넌 이모가 젖은 스란치마를 비틀어 짠 뒤에 가방을 열어 신발을 꺼낸다. 운동화를 신고도 주춤대는 영이의 걸음을 채근하며 이모는 어른들만 아는 산길로 접어들었다. 두 사람은 발걸음을 빠르게 떼어놓았다. 어두워지기 전에 산을 넘어야 했다. 벌써 몇 차례 이모를 앞질러 나간 영이는 바위에 앉아 이모를 기다리곤 했다. 무슨 일인지 허둥댈 뿐, 이모의 걸음걸이는 무겁기만 하다. 길이 어둠 속에 묻혀 사라지기 전에 마을에 다다라야 할 텐데 큰이모의 걸음은 영이만 못하다.

도회지에 사는 복희이모 집에서 영이는 하루하루가 꿈만 같았다. 부랴부랴 서둘러 이모 집을 떠나기 전까지 서울오빠가 이모에게 맡기고 간 용돈을 후려내어 아이스크림이나 음료를 정신없이 탐했다. 그러고 나서는 경사지고 좁은 나무 계단을 통해 이층으로 올라가 어둡고 담뱃내 나는 이모의 만화방에서 손님들과 섞여 있곤 했다. 저도 어른이 된 것 같아 가슴이 벅차오르곤 했다. 이모의 만화방은 적당히 한산했고, 적당히 분주했다. 손님들과 섞여 만화책에 코를 박았다가도 냄새, 허기를 부추기는 냄새에 고개를 들면 라면 냄비를 든 이모가 서 있었다. 이모가 끓여주는 라면은 온몸을 짜릿하게 파고들었다. 라면 국물엔 어른들의 담배냄새가 고소한 떡고물처럼 얹히곤 했다. 특별히 영이에게 말을 거는 사람은 없었으나 이렇게 젊고 놀만한 어른들과 함께 있다는 사실만으로도 영이는 설레었다. 기껏해야 엄마, 할머니, 외숙모가 간간이 놀이 상대가 되었던 산골과 견주면 집도 많고 사람도 많은 도회지는 신나는 일이 많은 곳이었다.

 어둠이 내려오는 속도가 빠르다. 복희이모는 몇 걸음을 옮겨놓기 무섭게 또 돌부리에 채여 비틀거린다. 알 수 없는 일이다. 만화방에 있을 때와는 딴판인 모습이다. 어른들은 참 알 수 없는 자들이다. 어떤 날은 종일을 아이들과 함께

태양 아래 어둠

모든 걸 푸근히 나누지만 다음 날은 또 알 수 없는 불편함으로 아이들을 밀어낸다. 지금 영이는 이모에게서 멀찍이 밀려나 있다. 크고 검은 나무들 아래서 영이의 몸과 맘은 어두워졌다. 이모의 멍한 눈빛과 불안한 걸음걸이를 숨겨줄 것은 어둠뿐이었지만 어둠이 더 내려오면 영이의 발걸음은 옴짝달싹할 수 없이 멈출 터였다. 그러면 엄마가 그랬듯이 이모도 영이를 업어줄까?

영이는 모내기 철이 돌아왔음을 시끄러운 소리로 알았다. 개구리 울음소리가 신호였다. 그 지긋지긋한 울음이 거머리처럼 달라붙는 계절이 오면 동네 어른들은 숨바꼭질 놀이처럼 밤마다 여기저기로 나다녔다. 고개 넘어 외딴집에까지 놉을 얻으려는 발걸음이 드나드는 계절이었다.

제방골은 깊은 골짜기였다. 밤에 제방골을 넘는다는 걸 영이는 상상도 해 본 적이 없다. 제방골엔 눈알을 파먹는 올빼미가 살기 때문이다. 아주 오랜 옛날 깜깜한 밤중에 제방골 재를 넘어 고향으로 돌아오던 청년이 두 눈을 모두 올빼미에게 파먹혀 장님이 되었다는 얘기는 마을 어린애들에겐 가장 무섭고 두려운 얘기였다. 그런데 엄마가 기어이 놉을 얻으러 그 재를 넘었다. 그 밤에 영이는 엄마 등에다 오줌을

지리고 말았다. 반짝이는 두 개의 빨간 눈과 맞닥뜨린 탓이었다. 다음날 다 저녁에 무슨 일로 둘째 이모네 서울오빠가 시골에 내려왔다. 엄마는 상경하는 서울오빠 편에 영이를 도회지에 사는 복희이모에게 맡겼다. 버스를 타지 않겠다고 차 앞에 벌렁 드러누워 떼를 쓴 게 무색하게도 복희이모네에서 영이는 한마디로 말하면 즐거웠다. 모내기 철인데도 전혀 심심지도 무섭지도 않은 건 처음 있는 일이었다.

"영이야, 천천히 가렴. 이모가 좀 힘들구나."

가까워진 곳에서 이모의 음성이 들린다. 복희이모가 헐떡이며 올라온 어둑한 길을 바라보는 영이의 미간이 찌푸려진다.

복희이모는 엄마의 큰언니다. 혼자 사는 이모에겐 저 같은 딸도 없고 둘째 이모네 오빠 같은 아들도 없고, 밖으로만 떠도는 남편도 없다. 그렇지만 이모에겐 그 모두보다 더 신기한 만화방이 있다. 만화방이 이모에겐 자식이고 남편인 것 같았다.

"이모, 이몬 왜 아무도 없어?"

가쁜 숨을 몰아쉬며 길가 바위에 앉은 이모 옆에다 바위보다 더 무거운 말을 놓는다. 이모는 아무 대답이 없다. 늘

태양 아래 어둠 53

그렇다. 영이의 질문들은 복희이모를 더욱 조용하게 만들 뿐이다. 복희이모는 바위 끝에 걸터앉으며 담배를 피워 문다. 바람에 묻어오는 이모의 담배 내음은 구수하다. 이모는 바람이 부는 곳에서만 담배를 피웠다. 만화방이나 방안에서 담배를 피우는 모습을 본 적이 없다. 이모는 시골집 부엌에 주저앉아 군불을 지피며, 간혹은 또 마당 한 귀퉁이에 서서 담배를 꺼내 피웠다. 이모가 사는 집 근처 천변에는 이모의 전용 흡연 벤치도 있는데 거기는 또 나무들이 적절히 이모를 가려주는 곳이었다.

이모가 잔기침을 삼킨다. 복희이모는 쉰이다. 둘째 정희이모는 마흔여덟일 테고 외삼촌이 살아 있다면 쉰다섯일 것이다. 그 집 막내 이름은 경희. 바로 우리 엄마. 엄마는 이제 마흔둘이 되었다. 세 자매는 사는 곳이 전부 달랐다. 둘째 이모는 큰이모가 사는 도회지보다 훨씬 더 크고 복잡한 서울이란 데에 산다. 왜 엄마만 깜깜하고 무서운 시골 깡촌에 남은 건지 영이는 때때로 부아가 났다.

"이모, 이모는 왜 아무도 없어?"

영이처럼 이모도 어둠이 내리는 산이 무서운지 담배를 든 손이 떨리고 있다. 아무 말 없이 담배를 눌러 끄며 일어서는 이모를 영이가 잠자코 따르고 있다.

*

 밤바람이 밀어다 놓은 것 같은 우울한 그림자 하나가 마을 입구에 어른거린다. 이모가 그에게 다가가며 영이에게 더는 오지 말라는 손짓을 한다. 우리를 마중 나온 먼 친척인가? 영이는 처음 보는 사람인데 이모는 그와 소곤소곤 말을 주고받는다.

 컴컴한 마을 입구에서 영이가 복희이모로부터 마을 쪽으로 떠밀렸다. 이모가 서두르며 걸음을 돌릴 참이어서 영희가 물었다.

 "이모, 어디 가?"

 "영이야, 이모가 뭘 빠뜨린 게 있어서 어디를 좀 갔다 올 거야. 외갓집으로 가렴. 거기에 엄마가 있을 거야."

 이모는 온 길을 바쁘게 되짚어 올랐다. 순식간에 이모의 모습은 사라졌다. 어둠이 훨씬 깊어져 모든 것을 순식간에 감췄다. 그나마 다행인 건 이모에겐 일행이 있고 영이는 외갓집을 눈감고도 찾아갈 수 있다는 것.

외가의 넓은 마당엔 운동회 때 쓰는 천막이 걸려 있다. 엄청나게 많은 사람들이 천막 아래서 술과 음식을 먹고 있다. 동네 아줌마들이 종종걸음으로 바쁘게 부엌과 마당을 오가고 있다. 사람이 너무나 많아서 영이는 담 밑으로 몸을 숨겼다. 선뜻 마당 안으로 들어서지 못하고 있는데 머리에 모자를 쓴 서울오빠가 영이를 찾아냈다. 오빠가 영이의 손목을 잡아끌었다. 반가운 인사랍시고 불쑥 영이가 한마디 했다.

"오빠, 누가 죽었나?"

하지만 이건 말도 안 되는 질문이다. 영이는 외할머니가 돌아가셔서 다시 시골로 돌아온 거였다. 오빠는 벌건 눈을 애써 감추며 영이를 마루로 올려보냈다. 손목이 욱신거려 영이는 기분이 나빠졌다.

"아이고오, 아이고오."

"아이고오. 아이고오."

박자를 맞춰 내는 곡소리에 영이는 기겁했다. 제일로 듣기 싫은 소리였다. 영이는 울음인지 노래인지 알 수 없는 저 소리를 듣는 게 세상에서 가장 힘들다. 건널 수 없는 장애물이다. 그러나 자식이라면 꼭 몇 번은 내어야 하는 소리. 엄마도 할머니의 자식이니까 곡소리를 낼까? 하지만 엄마는 딸애가 저 소리에 까무러칠 수 있다는 걸 아니까 곡소리를 내기 전에 얼른 얼굴을 보여줘야겠다 싶었다. 그러나 엄마를 보기도 전에 엄마의 노래 같은 곡소리가 영이 귀에 또렷이 들려왔다.

"아이고, 엄마. 아이고 우리 엄마. 아이고, 아이고."

방으로 들어가려던 영이는 슬금슬금 뒷걸음으로 마루를 내려와선 외갓집 넓은 마당을 쏜살같이 달려 나왔다. 숨도 쉬지 않고 길을 달려와 우당탕탕 마루를 밟고 올라 헐레벌떡 방문을 걸어 잠갔다. 영이가 제일 싫어하는 소리가 바로 곡소리고 두 번째는 뻥튀기 터지는 소리란 걸 엄마는 안다. 그런데 엄마가 어떻게 그럴 수 있단 말인가. 엄마에 대한 배신감으로 몸이 부들부들 떨렸지만 엄마가 저를 본 게 아니었다는 생각이 들자 분함은 사라졌는데 그러자 갑자기 의기소침해졌다. 외가가 있는 새뜸으로 온 마을이 기울어 영이네 집이 있는 중뜸은 시소처럼 붕 떠 있어서 영이의 마음은 더욱 불안하기만 했다. 차라리 복희이모를 따라가는 건데. 영이는 오들오들 떨며 다후다 이불을 폈다. 여름이나 겨울이나 매한가지로 덮고 자는 통에 수놓아진 목단 무늬가 벌써부터 나달거리던 이불이다. 풀린 실오라기가 손끝에 잡힌다. 호롱불을 켜야 덜 무서울까? 영이는 더듬거리며 성냥을 찾아들었다. 그러나 불이 밝혀진 방안은 기대를 완전히 저버렸다. 환한 방안은 오히려 더 무섭다. 벽에 걸린 나무십자가와 엄마가 무엇인가를 꽁꽁 숨겨 두는 벽장의 큼직한 자물통, 귀신이 내려다보고 있을 것 같은 천장과 눈을 맞추지 않으려고 영이가 이불을 뒤집어쓴다. 이불을 머리 끝까지 뒤집어써도 무서움은 가시질 않는다. 옆집에 사는 동무 분이 생각이 간절하다. 분이랑 있으면 무섭지 않을 것 같다. 하지만 고 깍쟁이가 호락호락 함께 있어주진 않을 것이다.

영이가 윗목에 있는 궤짝으로 팔을 뻗다가 이내 이불 안으로 손을 들인다. 사탕이 있을 것이지만 팔을 뻗기가 그리 쉬운 게 아니다. 이불 밖에서 잔뜩 웅크리고 있는 놈이 팔을 낚아챌 것만 같다. 이불 밖으로 빠져나온 건 모두, 머리든 다리든 팔이든 덥석 먹어 치울 것만 같다. 영이는 이불을 뒤집어쓴 채 엉덩이 걸음으로 궤짝 앞으로 다가간다. 한 팔쯤은 희생하자며 영이가 궤짝 문을 열기까지 한참의 시간이 흐른다. 바스락거리는 비닐 소리에 놀라 영이는 사탕을 한

움큼 움켜쥐고 후다닥 이불 속을 빠져나와 문지방을 넘었다. 이제 저 방으로 혼자서는 들어가지 못할 것 같았다.

"할머니? 할머니, 영이에요."

분이 할머니가 유충렬전을 읽다 말고 비슷이 방문을 기울인다.

"영이 왔구나."

쪽진 머리를 쓰다듬으며 분이 할머니가 방으로 들어오라고 손짓을 보내온다. 영이는 노인의 친절도 내키지 않는다. 밖에서 버팅기며 동무 분이만 찾는다. 할머니는 마치 영이의 지금 기분을 다 안다는 듯 더 이상 아무런 말을 보태지 않고 분이를 흔들어 깨우고는 다시 유충렬전으로 돌아간다.

분이가 잠이 덜 깬 채 뜰로 내려선다. 고만고만한 고무신 중에서 제 것을 찾아 신지 못해 분이는 한참을 뜰에서 뭉그적거린다. 영이가 동무 손을 낚아채 울타리를 넘자니 이미 분이 손엔 눈깔사탕 하나가 쥐어져 있다.

*

 다음 날도 그 다음 날도 영이는 분이와 지냈다. 분이 할머니가 분이 엄마 몰래 영이 밥을 챙겨줬다. 분이도 식구가 많은 제 집을 벗어난 게 좋은지 셋 사이에 생긴 비밀이 잘 지켜졌다. 할머니 말고 식구들이 없을 때엔 분이네 집에 가서 매실나무를 흔들다가 분이 할머니에게 혼이 났으며, 동네 아이들과 어울려 보리밭을 휘젓고 다닌 끝에 근사하게 보리피리 몇 마디를 불었고, 버드나무가 늘어진 강변 둑에선 아이들과 함께 빨간 물뱀을 쫓아다니며 돌팔매질을 해댔다. 엄만 왜 귀신 머리카락 같은 버드나무를 좋아하는지 몰라. 영이는 버드나무를 좋아하는 엄마가 다시 못마땅해져 외가 쪽을 넘겨다보았지만 다들 이상하게 우는 꼴이 보기가 싫어 이틀 밤을 분이와 잤다. 복희이모가 돌아왔는지 궁금했지만 병풍으로 가린 할머니가 그저 누워 있는 게 무서워 상청이 차려진 외갓집에 가지 않았다. 분이 할머니가 엄마에게 소식을 알렸는지 엄마는 한 번도 집에 오지 않았다. 할머니가 돌아가셨으니 슬퍼야 마땅한데 영이는 그저 분했다.

분이는 겁이 없는 대신 식탐은 많다. 눈깔사탕이며 보리 개떡이 없어지자 분이는 엄마가 자물쇠로 꽁꽁 잠가 둔 벽장 속을 뒤질 궁리를 했다. 언젠가 한 번은 그 안을 뒤질 생각이었던 모양이다. 사실 그것 때문에 영이와 함께 이틀을 보낸 것이기도 했다. 결국 갓난쟁이 머리통만 한 돌멩이로 자물통을 쳐냈고 벽장 안을 낱낱이 들쑤셔 놓더니 재미없단 듯 분이는 제집으로 돌아가 버렸다. 벽장 안엔 분이가 원하는 게 별로 없었다. 벽장이 난장판이 되도록 먹을 만한 건 나오지 않았다. 기어이 다듬잇돌을 옮겨 받치고 높다란 벽장 안까지 올라가 뒤졌는데 분이가 찾아낸 건 엄마가 숨겨 놓고 잊었던 듯 비닐이 잘 떨어지지도 않는 눅눅한 막대사탕 두 개가 전부였다. 분이는 다듬잇돌을 치우라고 손짓하더니 바닥으로 훌쩍 뛰어내렸다. 시시하단 듯이 벽장문을 닫고서 비닐이 눌러붙은 막대사탕을 빨며 제집으로 가 버렸다. 영이 손에 들렸던 것까지 가로채 주머니에 넣고 유유히 사라졌다.

다듬잇돌을 밟고 분이가 그랬듯 영이가 벽장을 올랐다. 사진이며, 편지, 옷가지와 잡동사니가 뒤섞인 벽장 속엔 엄마의 처녀 적 사진도 있고, 외할머니와 외할아버지 사진, 이모 둘과 엄마, 외삼촌과 외숙모, 젊은 복희이모가 잘생긴 아저씨와 나란히 찍은 사진, 많은 청년들과 할아버지가 함께 찍힌 사진, 할아버지와 할머니가 의자에 앉았고 할아버지 쪽으로 엄마와 서울이모가, 할머니가 쪽으로 복희이모와 외삼촌이 나란히 서서 찍은 사진들이 있다. 영이는 처음 보는 사진들이었다.

할아버지는 영이가 태어나기도 훨씬 전에 돌아가셨다. 할아버지는 공부를 많이 하신 분이었다고 들었다. 할머니는 몸종을 둘이나 데리고 시집온 청산 갑부의 딸이었다고 했다. 영이는 아버지뿐만 아니라 외삼촌이나 할아버지도 진짜로 본 적은 없다. 가까운 촌수인 남자 어른을 본 건 작은할아버지의 아들 그러니까 영이의 육촌 아저씨뿐이었다. 그래서인지 동무들이 그들의 아버지나 삼촌들과 있을 때면 견딜 수 없이 맘이 흔들렸다. 남자 어른이란 존재는 영이에게 무척 난감하고 당황스러운 것이었다.

잡동사니를 휘적이는 영이 손끝에 웬 나막신이 하나가 걸린다. 언젠가 엄마는 영이에게 복희이모와 일본에 가 있던 때를 얘기 한 적이 있다. 엄마가 불러주는 이상한 일본 노래를 어디서 배웠냐고 물었을 때, 엄마는 이모와 함께 일본에서 여섯 해나 살았다고 우울하게 말했다. 그때 엄마 나이가 열 살 무렵이었다니 이모 나이는 열여덟 살쯤이었을 것이다. '언젠가 이모가 엄마 원피스를 하나 샀는데 엄마에게 너무 커서 얻어 입은 옷 같았단다. 이모는 장사꾼이 들어가기 전에 바꾸어 온다고 서둘렀지.' 급하게 나가던 이모는 나막신이 미끄러져 오른손 엄지와 검지를 다쳤다는데 지금까지도 그 두 손가락이 오그라져 있다. 나막신은 이모의 것은 아닌 것 같았다. 영이가 발에 대보니 제 발에 얼추 맞았다.

난장판이 된 벽장 속을 영이가 다 정리하기도 전에 엄마가 돌아왔다. 엄마의 그림자 시계로 보면 딱 저녁을 준비할 때였다. 마루에 드리우는 처마 그림자로 엄마는 아침, 점심, 저녁 준비를 했고, 차가 나가고 들어오는 시간을 알았고, 성당의 예배 시간을 알았다. 오랜만에 보는 엄마는 눈이 퉁퉁 부어 있었고, 머리엔 리본 모양의 하얀 천이 꽂혀 있었다. 누런 상복은 도가 술 냄새와 삶은 돼지고기 냄새, 딱히 알 수 없는 냄새들이 마구 뒤섞여 있었다. 엄마는 벽장 안이 어지럽혀져 있는 것에도 나무라지 않고, 두 팔을 벌려 영이를 번쩍 안아 벽장에서 내렸다.

"영이야, 복희이모랑 같이 안 왔니?"

엄마가 나직한 말소리로 묻는다.

"이모랑 같이 왔는데, 이모가 다시 갔어."

영이는 자기가 귀찮게 해서 간 게 아니라는 걸 알리기 위해 이모가 서둘러 어둠 속으로 들어간 얘기를 덧붙였다. 이모와 함께 간 남자 얘기는 하지 않았다.

"비랭이 재에 뭐 놓고 온 게 있다구 했어."

뭐라고 더 말을 보태려고 했지만 와락 영이를 부둥켜안은 엄마의 힘이 너무 세서 무서웠다. 여러 냄새가 뒤섞인 엄마의 품을 벗어나지 못하는 게 아닌지 걱정스러웠다.

*

할머니와 둘이 살던 외숙모는 할머니가 돌아가시자마자 집을 팔고 사촌오빠와 언니가 하숙하고 있던 도회지로 이사를 나갔다. 외할머니가 돌아가시던 해에 이혼에 성공한 아버지는 새장가를 가 부산 어딘가에 산다고 했다. 그러나 복희이모의 소식은 누구에게서도 들을 수 없었다. 복희이모 얘기만 나오면 엄마는 화를 냈고, 영이는 이모의 만화방엘 언제나 가보려나 싶어 늘 아쉬웠다. 엄마와 영이가 사는 마을엔 까치들이 더욱 극성스러웠지만 반가운 편지나 반가운 사람이 찾아오는 일은 외려 드물었다. 해마다 한두 번 내려오던 서울오빠도 좀처럼 얼굴을 볼 수 없었다.

저녁 까치가 한참을 깍깍대던 다음 날, 서울 둘째 이모가 시골에 내려왔다. 큰 병이 나서 요양하러 온 거라고 했다. 영이는 읍내 여상을 나와 농협 지소에서 일하고 있었다. 농협 지소는 마을의 유일한 이층 건물이었다. 아래층은 연쇄점이었고, 위층에는 은행 일을 보는 사무실이 있었다. 고소공포증 탓에 영이는 이층에 있는 사무실을 올라가는 일이 늘 힘겨웠다. 언젠가 한 번은 맘을 가누지 못해 그예 계단 아래로 곤두박질친 적도 있었다. 사람들이 아는 것처럼 발을 헛디딘 게 아니라 무서워서 일부러 구른 것은 몰랐지만. 어쨌거나 농협 이층으로 오르내리는 것에도 적응이 되어 일에 익숙해졌던 그해 초겨울, 공휴일에 도회지 병원에 실려 간 둘째 이모가 돌아가셨다. 겨울이 유난히 추웠다. 마을의 집들은 이제 연탄을 뗐지만 영이네는 여전히 나무를 때서 방을 데우고 밥을 해 먹었다. 휴일이면 영이와 엄마는 땔나무를 구하러 산엘 올랐고 그 휴일 중의 어느 날 엄마는 이

마로 쏟아지는 검불 더미 아래에 얼굴을 숨기고 나지막히 말했다.

"영이야, 우리 이사 가자. 복희이모네 집으로 이사 가자."

"이모 집이 그대로 있어요?"

"만화방에 드나들던 이가 봐주고 있었는데 그 양반도 봐주기가 어렵게 됐다는구나."

영이는 너무 감격해서 다음 날 바로 사무실에 사표를 냈고, 다음 휴일이 오기도 전에 짐차를 불러 엄마와 스무 해를 살던 고장을 떴던 것이다.

복희이모의 책상이 놓여있는 만화방 창가에다 영이는 작은 화분을 몇 개 두었다. 영이는 벅찬 마음으로 만화방을 쓸고 닦았다. 만화방 한쪽을 비워 만든 이모의 서재는 다시 윤이 났다. 영이는 마치 이모인 양 책들을 살뜰히 대했다. 거기에는 일본어로 된 책과 한문으로 쓰인 책도 많았다. 우리말로 쓰인 책은 이미 몇 번씩 읽어 나달나달했다. 이용악의 『오랑캐꽃』이나 백석의 『사슴』, 이태준의 『사상의 월야』는 늘 가슴속에 아릿하게 여운을 남겼다. 『사상과 현실』, 『일제하의 조선사회 경제사』, 『조선사 연구초』, 『조선 식량 문제와 대책』…. 책들은 자리를 바꾸지도 않고 늘 그 자리에 오랫동안 놓여있었다. 그 책들도 마저 읽어야 한다는 이상한 강박이 없던 것은 아니지만 영이에겐 역부족일 뿐이었다. 엄마가 봇물처럼 터뜨려 놓은 감당하기 벅찬 분량의 가족사처럼. 엄마는 도회지로 나온 때에 맞춰 수다스러운 여자가 되기로 작심했는지 별별 얘기들을 다 꺼내 놓았다.

  복희이모는 할아버지의 제자와 결혼을 하고 곧바로 일본으로 유학을 떠났다. 그때 소학교 2학년이던 엄마도 함께 갔다. 해방이 되자 복희이모 내외는 중학교 2학년이던 엄마를 데리고 다시 고향에 돌아왔다. 이모부는 외삼촌과 같은 학교의 선생님이 되었다. 외삼촌과 이모부는 전쟁 중에 행방불명이 되었다. 남자들은 가족에게 돌아오지 않았다. 정정하시던 할아버지가 옆 마을 잔치에 다녀오시던 길에 쓰러져 며칠 앓지도 않고 돌아가셨다. 시모와 남매를 건사하던 외숙모는 동갑인 복희이모에게서 담배를 배웠다. 여맹위원장을 했다는 둘째 이모는 가족에게서 멀리 떠났다. 서울오빠가 사관학교에 들어갈 때는 이런 가족사가 문제가 되기도 했다. 둘째 이모네 오빠 얘기를 빼면 영이가 아는 바 없던 사실들이었고 현실감도 없었지만 얘기 끝에 나오는 엄마의 일본 노래는 들을 만했다.

 이상하게 마음이 붕 떠서 일이 손에 잡히지 않는 그런 날이 있다. 어제 아침이 바로 그랬다. 어머니가 아침을 준비하는 기척을 듣고도 영이가 한참을 이불 안에서 미적거린 건 그 탓이었다. 다섯 식구가 늦은 아침을 차려 마루에 둘러앉았을 때 우체부가 편지 한 통을 가지고 왔다. 구영이 앞. 엄마의 필체였다. 영이는 괜히 눈치가 보였다. 시어른들과 한 시간 거리에 떨어져 살 때는 괜찮던 일들이 시부모님 집으로 합가하자 다소 불편스러웠는데 친정에서 온 편지를 받는 일에도 영이는 부담을 느꼈다. 사돈어른들과 손녀딸의 안부를 묻는 간단한 편지 안에 다른 필체의 편지가 하나 더 들어 있었다. 복희이모가 누군가에게 남긴 편지였다.

 영이가 결혼할 무렵 엄마는 복희이모의 집과 만화방을 처분하고 육촌 아저씨에게 부탁한 허름한 집 하나를 사서 시골로 들어갔다. 아직도 너른 마당과 토담이 여전한 외갓집이 고대로 있어서 모녀는 깜짝 놀랐다. 감나무가 있고, 일꾼들 행랑채가 있고, 멋스러운 토담도 그대로 있고, 크고 높은 벽장도 여전했다. 화사(花蛇)가 슬쩍슬쩍 마루를 넘어 방에까지 들어오던 집이었다. 외숙모는 유난히 뱀을 잘 타서 부엌에서 군불을 넣다가 이게 뭐야 하며 몸뻬를 털면 밑으로 뱀이 툭 떨어졌다. 옷을 꺼내려고 화초장에 손을 넣으면 뭉클하며 뱀이 손에 딸려 나왔다. 외숙모가 팔고 떠난 뒤 주인이 자주 바뀌더니 이젠 빈집이 되었는데 이유는 간단했다. 시골집치고 터무니없이 비싸서 거래가 안 된다는 거였다. 마당으로 내려서며 엄마는 '나 혼자 건사하기엔 크지?' 하며 아쉬움을 달랬다. 엄마는 복희이모 집을 판 돈 대부분을 영이에게 주었다. 영이 내외는 그 돈으로 시내에 가게 하나를 냈다가 야금야금 다 까먹고 작년엔 급기야 남편의 시골 본가로 들어온 처지였다.

가게를 차리는 대신 집을 샀어야 했어. 영이가 차에서 내리며 중얼거린다. 영이는 세 살배기 딸애를 둔 서른다섯 살의 주부였다. 그러나 여전히 감각과 생각의 속도는 엇박자를 낸다. 저수지 앞 벤치에 앉으며 영이가 복희이모의 편지를 꺼내어 펼쳐 든다. 빼곡한 글자들이 만든 견고한 벽 앞에서 영이는 틈을 찾을 수가 없다. 편지를 접어 도로 주머니에 넣고는 물새 한 마리 없는 저수지에 눈을 둔다.

지난밤, 사소한 다툼 중에 버럭 큰 소리를 질러놓고 남편은 야밤에 자전거를 타고 시내에 새로 얻은 가게로 나가버렸다. 합가한 뒤로 남편은 예기치 않은 모습을 자주 보였다. 남편이 큰 소리도 낼 줄 아는 사람이었다는 것도 알게 되었다. 밤새 기다렸으나 남편은 끝내 귀가하지 않았다. 아침이 밝자 영이는 어떻게 아무렇지도 않은 얼굴을 하고 어디쯤에서 밖으로 나가 시부모님을 봐야 하는지 몰라 내내 자는 척을 하며 누워 있었다. 지난밤 아들 내외가 다투는 소리를 부모가 못 들었을 리 없었다. 며느리의 잠을 깨우지 않으려고 그랬는지 아니면 며느리가 괘씸해서 그랬는지 어머니는 아침 일찍 버스를 타고 장에 나갔다. 어디쯤에서 어떻게 밖으로 나서야 하는가. 세 살 딸애가 할아버지랑 놀고 있는 마당으로 어떻게 아무렇지도 않게 내려설까. 조바심 내며 궁리하던 차였다. 장 보러 간 어머니에게서 때맞춰 전화가 왔다. 짐을 추스르지 못하는 모양이다. 너더러 차를 갖고 나오랜다. 문밖에서 들려온 아버지의 말소리가 냉랭해 서운했지만 그 냉랭한 말 덕에 영이는 방문을 열고 마당으로 나올 수 있었다.

그늘 하나 없는 벤치에서 영이의 살갗은 시시각각 타들어 간다. 어머닌 아직도 산림조합 앞 버스 정류장에서 며느리를 기다리고 있을 것이다. 신호가 바뀐 줄도 모르고 넋 놓고 있던 영이는 빠바방 빵빵, 울리는 뒷차의 클랙슨 소리에 놀라 산림조합 쪽으로 꺾어 들지 못하고 그대로 직진을 하고 말았다. 다시 길을 돌아 나오는 대신 내처 산성 쪽으로 차를 몰다 마음 갑갑할 때 잠시 숨을 고르던 저수지에 아무렇게나 차를 세웠다. 잠시 숨을 고르려 했다. 그러나 숨이 골라지기는커녕 가빠온다. 아무도 없는 저수지에서 영이가 고래고래 소리를 지른다. 어쩌라고욧!

그러고 있자니 뺨 위로 눈물이 주르륵 흘러내린다. 남편과의 사소한 다툼 때문은 아니다. 복희이모가 외할머니 조문을 오다가 행방불명이 된 것이 모두 제 책임인 것 같은 불편함 때문도 아니다. 해산한 딸애를 세이레 극진히 구완하고 돌아간 엄마가 갓난아이를 더 봐주고 싶어서 자신의 아픈 허리를 고쳐보리란 생각으로, 약장수의 꾐에 빠져, 양손 가득 꾸러미를 들고 오다가 빗길에 넘어져 아예 다리마저 못 쓰게 된 서글픔 때문도 아니다. 언젠가부터 조부모를 더 따르는 딸애를 보며 내가 애 엄마인데 싶던 투정질도 이 눈물의 이유가 못 된다. 영이는 이 소리 없는 눈물이 일종의 포기란 걸 안다.

누군가에게 그날의 이모가 어떻게 되었는지 물어봤어야 했다. 복희이모와 소곤대던 남자에 대해서도. 어째서 만화방을 저에게 남겼는지도. 지난밤 내내 복희이모가 남긴 편지를 읽고 또 읽어도 '제 모든 것을 영이에게 주세요'하는 그 뜻을 영이는 도저히 알 수가 없었다.

 구영이, 너, 이번에도 소리를 내어 울지 못하면 영영 여기서 멈추고 말 거다. 이번엔 할 수 있을 거야. 산림조합이든 어디든 가기 전에 한번 해 보자. 눈물이 제대로 터졌으니 이번엔 끝을 봐. 자, 더 토해 내. 들썩이며 흐느껴 보란 말이야. 그래야 소리를 내어 울 수가 있지. 좋아! 이제 다왔어. 아이고, 아이고, 울음 노래로 넘어가 보자. 이젠 너도 곡소리를 배울 때가 됐어. 흑흑거리며 어깨를 들썩대던 영이가 둥그렇게 입을 벌리고 아…, 바람 빠지는 소리를 낸다. 몸을 진정시키고 배에 힘을 주고는 소리를 만든다. 아이…고. 이번에도 글렀다. 노래처럼 다듬어진 울음은커녕 말도 아니고 속삭임도 아닌 소리나 내는 입을 영이가 꾹 닫아버린다.

*

어머니는 산림조합 버스 정류장에서 이고 지고 버스를 탔을까? 아들의 가게에 전화를 걸어 간밤에 자전거를 타고 집을 나간 아들을 산림조합 앞으로 불러냈을까? 아니면 그대로 짐 옆에 서서 며느리를 하염없이 기다리고 있을까? 아무래도 상관없다.

그때 여섯 살 영이가 이모를 붙잡았다면 어땠을까? 서른다섯 살 영이는 후회와 자책이 든다. 그러다가는 또 아휴, 한숨을 쉬며 도리질을 친다. 그렇게 따지면 생의 순간이 몇이나 남을까? 이모도 그래. 꼭 그래야 했을까? 엄마는 또 그게 뭐라고 그렇게까지 숨겼을까? 그렇다고 나는 또 뭘 이러고 앉았을까? 이모의 편지를 펼쳐 들다 말고 영이가 한낮의 저수지를 쏘아 본다. 물결치는 영이 맘과 달리 저수지는 고요하다. 쨍쨍한 볕 아래서도 저수지는 시퍼렇게 어둡다. 바람이 불었다. 바람을 타고 복희이모의 편지가 날아올랐다. 영이는 습관적으로 팔을 뻗었다가 이내 거둬들인다.

몇 번이나 바닥으로 곤두박질하던 편지가 좋은 바람을 타고 멀어져 갔다. 한참을 바람과 노닐던 편지가 저수지 가운데로 내려앉을 때, 영이는 아득한 곳에서 들려오는 이모의 음성을 들은 것도 같았다. 볕이 무섭게 쏟아지는 초하룻날 한낮이었다.

　내 생활엔 어느새 고요가 묻어 있습니다. 고요함은 어둠과 같아서 아무것도 보이지 않습니다. 보이지 않기에 더욱 고요를 물리칠 수 없나 봅니다. 오늘도 나는 고즈넉한 밤을 나와 불빛이 사라진 어둠을 바라보고 있습니다. 불을 밝혀 줄 자는 아무도 없지요. 아무도 없다고 모두 사라져 버린 것은 아닙니다. 내일의 일들을 위해 일찍 잠자리에 들었거나 늙은 부모가 라디오 앞에서 졸고 계실 겁니다. 밤이 되면 우리들의 안락한 터전은 소리도 없이 사라집니다. 그렇기에 밤은 늘 다른 꿈들을 지니고 다시 돌아오는 모양입니다. 내 눈엔 보이지 않지만 어둠 속에는 내 발자국이 놓여있을 것이고, 내 눈엔 보이지 않지만 꿈꾸던 이들의 다채로운 눈빛이 있을 겁니다. 한 치의 착오도 없이 같은 룩스로 빛나는 백열등이나 형광등 불빛 아래 내가 있어도 매 순간 나는 다른 방식으로 존재합니다. 이리저리 흔들려 밝았다 어두워지는 촛불이나 호롱불이 아니어도 나를 밝히는 이 빛들은 늘 다를 것입니다. 나는 용기를 내보렵니다. 항해를 떠납니다. 배가 가 닿아야 할 항구는 없습니다. 배도 늘 같은 배는 아닙니다. 미풍에도 흔들릴 수 있지만 폭풍도 견뎌내는 배입니다. 내가 탄 이 배의 유일한 규칙은 내릴 수 없다는 것. 눈이 간지럽다고 어깨가 무겁다고 항구로, 항구의 어느 약국으로 들어갈 수도 없겠지요. 모든 불편과 모든 가능성을 함께 태운 배가 오늘 밤 항해를 시작합니다. 부웅 뱃고동이라도 울리고 싶지만 주위는 아주 고요해서 살그머니 괴나리봇짐을 둘러메고 많은 활기와 많은 다툼, 많은 애정을 간직한 우리들의 마당을 한번 둘러봅니다. 초하룻날의 밤에 나는 떠납니다. 즐거운 작별 인사를 남기겠습니다. 안방이여, 건넌방이여, 사랑방이여. 맨드라미여, 대문이여, 두엄더미여. 그리고 내가 다시 돌아올 길들이여, 안녕. 너무 서글퍼 할 일도 없을 것이 기약하고 떠나는 바요, 다시 돌아올 길을 지우지 않겠다고 맹세한 것이요, 오랫동안 버티고 살 집을 마련하러 떠남이요, 아직 떠나지 못함이요, 그러나 곧 떠날 것이기 때문입니다. 아주 떠나는 것이 아니라는 약속을 남기겠습니다. 돌아오지 않는다고 여겨지면, 아주 오랫동안 그대들에게 돌아오지 않는다면, 그때 이 상자를 열어

주세요. 아주 오랜 시간이 지났다고 생각되거든, 문득 잊어버린 다짐들이 기억되거든, 이 작은 상자를 꺼내주세요. 모든 의문이 다 사라질 무렵 이상한 안타까움으로 그런데 이 상자는 뭐지? 하며. 여기에 두겠습니다. 더 이상 친절할 수 없는 맘으로 그대가 찾게 될 이 자리에 놓아두겠습니다. 어디서고 열어볼 수 있고 언제든지 찾을 수 있는 곳을 당신은 이미 알 겁니다. 아이의 울음 밑이라든지 식구들과 마주한 밥상머리 어디쯤, 보시기와 종지 사이에서 문득 당신이 이 상자를 열어보겠지요. 우리들이 추억을 새긴 낡은 대문 한 켠일 수도 있겠지요. 花蛇가 넘나드는 감나무 아래 조금은 음습한 틈새일 수도 있겠네요. 그대가 연애편질 숨겨놓은 바로 그 冊 앞장이거나 뒷장일 수도 있습니다. 반드시 있지만 아무 데도 아닌 이곳에 이 작은 상자를 놓아두겠습니다. 우리들의 오래된 집에서 이 작은 상자를 발견할 당신에게 부탁합니다. 제 모든 것을 영이에게 주세요. —복희.

저녁 연기

 굴뚝을 빠져나온 연기가 청회색 고요를 부드럽게 흔들었다. 개 짖는 소리도 아이들의 명랑한 외침도 들리지 않는 저녁이었다. 두엄더미를 돌아가 오줌을 누고 온 여자애가 마루에 걸터앉았다. 들일을 나간 엄마가 늦어지고 있었다. 마을의 굴뚝마다 저녁 짓는 연기가 피어올랐다. 쌀쌀한 바람이 불었고 하필 옷을 허술하게 입고 있어서 아이는 다만 울고 싶었다.

 아이는 내복을 벗지 않았으면 좋았겠다고 후회한다. 엄마와 단둘이 사는 집에 불청객이 올까 두렵다. 틀림없이 좋지 않은 일이 생길 거라는 예감을 다독이며 아이가 신작로를 건넌다. 마을 공회당 마당에 내리는 어스름에 아이가 몸을 숨긴다.

어둠에 물드는 넓은 공회당 마당이 무서웠지만 아이는 울지 않았다. 다만 울고 싶은 마음을 오래오래 천천히 음미할 따름이었다. 광포한 두려움을 쉽게 울음으로 터뜨리지 않고 천천히 음미했다. 그 점에서 보자면 제법 당돌한 아이였다.

자기가 어떤 가시적인 세계 안에 있다는 사실이 두려웠다. 자신이 이 고요한 마을에 살고 있는 어린애라는 자각은 없어도 좋았겠으나 자기가 있어 마을의 이 고요가 생긴다는 생각을 멈출 수 없었다. 한낱 어린애인 저 혼자 감당하기엔 무거운 생각이었다.

엄마, 몸에서 마음이 떨어지기도 하는가? 내 몸에서 떨어져 나간 마음이 공회당 마당에 있어.

아이구, 엄마가 늦었지? 우리 애기 혼자서 무서웠구나. 또 귀신을 본 거야? 어쩌면 좋아. 무섬증이 다시 도지겠네.

사색이 된 엄마 앞에서 아이는 더는 입을 열지 않았다. 몸에서 떨어져 나가는 마음들을 제 안으로 삼켜야 하는 저녁은 언제나 공포였으나 무슨 수로 굴뚝마다 피어오르는 연기를 막을까? 아이는 해가 이울면 옷을 꺼입었다. 그 수밖에 없었다. 한여름에도 긴 옷을 입고 살갗에 닿는 바람을 막는 버릇은 그때 생겼다.

자신이 저로부터 낯설어지는 게 모두 저녁, 연기, 냄새 탓이라고 믿던 아이는 어느덧 마흔 중반의 주부가 되었다. 이제 나에게 저녁은 더 이상 공포가 아니다. 오히려 난로의 연통을 빠져나와 들판처럼 평평하고 권태로운 저녁을 흔드는 연기는 내가 가장 좋아하는 사물이 되었다.

어느새 내 몸에 저녁 연기의 냄새가 배어 있다. 나는 이 냄새를 좋아한다. 언제까지고 좋아할 수 있을 것 같다. 연기는 눈으로 볼 때도 근사하지만 냄새는 차원이 다르다. 내 경우엔 후각이 여타의 감각에 우선한다. 나는 코를 벌름거려 옷소매에 밴 냄새를 맡는다. 후각이 촉각과 잘 만나길 원한다. 후각과 촉각이 잘 만나는 저녁에 몸에서 떨어져 나오는 마음을 보고 싶었으나 그건 아주 드문 일이었다. 그리하여 소매를 걷고 살갗에 불어올 바람을 기다린다.

 우리는 다시 시골로 들어왔다. 집 뒤에 방치된 우사를 수리했다. 석 달 하고도 보름이 지나자 소똥이 화석처럼 굳어 있던 우사는 나무 냄새 은은한 책방으로 변했다. 안채와 떨어진 황홀한 아지트에다 장작 난로 하나를 들여놓고는 우리는 종일토록 불을 지폈다. 불 담당은 나였다. 화부노릇 두 달 만에 나는 손의 빛깔과 감촉을 잃었다. 누군가와 만나 악수를 할라치면 얼굴이 붉어질 만큼 손이 험해졌다. 코팅장갑은 하루에도 대여섯 켤레씩 버려졌다. 손이 열기에 밀착되어 장갑과 떨어지지 않을 때마다 등골엔 쩌릿하게 불이 일었다. 그래도 나는 이 불장난이 좋았다.
 우리는 실제와는 다른 어떤 뭉뚱그려진 세계를 꿈꾸곤 하였다. 그 세계는 쉬운 이름으로 고쳐 부르면 천국이거나 지옥과 같은 그런 막연한 이름의 세계였다. 그 세계로의 진입을 위해 난로에 장작을 지폈다. 장갑을 꼈다 벗었다 하며 불땀을 좋게 살려놓았다. 그러느라 바삐 몸을 놀려야 했다.
 나는 그을음으로 더께가 진 코팅 장갑, 이제는 빨간색이라고 우겨야 그렇게 보일 장갑을 다시 낀다. 장갑을 낀 김에 커피포트를 작동시키고 책상 가득 쌓인 재들을 청소하고, 다른 할 일이 없는지를 바삐 눈으로 훑는다. 우사의 문을 열고 나가 장작을 팬다. 한 아름의 땔감을 만드는 내내 주위는 더욱 평평해진다. 어디에도 계단 비슷한 것이 보이지 않는다. 내 주위엔 평평한 들과 마당과 하늘뿐이다. 이 망막하며 드넓고 평평한 곳에서 나는 내가 완전히 불안정한 곳에 있다는 자각을 가지지 말아야 한다. 가능한 한 빨리 장작을 나르고 불을 다시 지피고 장갑을 벗어야 한다. 아래로 놓인 계단을 만들어 내어야 한다. 우리가 원하는 세계의 잔상이 아직 남아있으니 시간은 훨씬 단축되리라.

장갑은 벌써 벗었는데, 커피를 한 잔 다 마신 뒤에도 계단은 생성되지 않는다. 비닐 창에 커튼을 쳐서 저 평평한 세계를 닫아 봐도 소용이 없다.

내가 앉은 곳에서는 보이지 않는 출입문이 살그머니 열리는가 싶더니 도로 닫히는 소리가 난다. 수동적이고 모호한 세계로 진입이 된 걸까? 그렇지 않다는 증거. 깍깍 들려오는 까치 울음소리. 커튼을 걷어 올린다. 담벼락에도 전깃줄에도 나무 위에도 까치는 보이지 않는다. 깍깍 소리는 아주 가깝게 들려오는데 까치는 없다. 수동적이고 모호한 세계로 진입한 걸까? 제길! 담 모퉁이에서 느닷없이 까치가 날아온다. 비닐 창을 향해 돌진하다 급선회를 한다.

처마에 매달린 고드름도 녹아떨어지기를 멈췄을 때, 오두막의 한기와 열기에 살갗이 적응을 얼추 끝냈을 때, 나는 안쪽이 빨간색으로 코팅이 되어있는 장갑을 벗었다. 아주 벗어버렸다. 오늘은 꿈의 그날이 아닌듯하였다.

누에가 뽕잎을 갉아 먹는 소리가 잠 내내 들려왔다. 나는 배부른 누에가 되어 한 잠, 두 잠, 세 잠을 잤다. 물비린내와 함께 빗소리가 스며들었다. 휴일 아침 잠자리에 가만히 누워 빗소리를 듣자니 빼갈 몇 방울 떨어뜨린 커피를 홀짝이는 기분이다. 이 방 저 방 문밖으로 새어 나오는 기침 소리는 무시하자.

"엄마, 우리 집이 가난해요?"

아이의 잠꼬대는 언제나 선명하다. 나는 곤히 잠든 아이를 가만히 들여다본다. 앞머리를 낸 짧은 단발이 아이에게 잘 어울린다. 머리를 빗겨주며 오똑한 코와 작은 입술 사이 뚜렷한 인중을 지닌 동그란 얼굴에게 "그렇지 않아" 속삭인다. 깊고 선명한 인중을 지닌 아이가 빙그레 웃는다. 뒤척이는 아이 엉덩이 밑으로 손을 집어넣어 본다. 초경이 끝난 모양이었다. 초등학교 6학년으로 진학할 아이는 제 엄마와 옷을 같이 입을 만큼 성장해 있다.

우리는 젖은 땔감들을 우사 안으로 옮겨와 말린다. 아버지는 이 비에도 산책을 나가신다. 진돗개 진우가 따라나와 마당을 뛰어다닌다. 종이 박스로 만든 진우의 집이 무너졌기에 우리는 진우에게 나무로 새집을 만들어 줄 작정이다. 감기를 털고 일어난 남편은 평소보다 훨씬 분주하게 움직인다. 어머니는 이유 없이 진우를 때린다.

나는 어떤 냄새에 대해 다시 생각한다. 해질녘이 아니기에 그 냄새에 대해 오래 생각해도 좋다. 그러나 환기되지 않는다. 생각은 강압될 뿐 더 이상 흐르지 않는다. 집을 나갔던 나비가 우사 처마 밑에서 야옹거린다. 서너 번 울더니 또 금세 조용해진다. 비는 그치지 않는다. 감나무 밑 화덕에선 타닥타닥 장작 타는 소리가 난다. 아무리 세차도 빗소리는 장작불을 꺼뜨릴 수 없다. 어머니가 피우는 아궁이 따뜻한 불 앞에서 졸던 진우를 나비가 덮친다. 하지만 감나무 위로 쫓겨 올라간 건 나비다. 약이 오른 진우는 나비를 향해 사정

없이 컹컹거린다. 부지깽이를 들고 어머니가 진우를 때린다.

  소롯길의 오두막 한 채. 어디에 있는지 어떻게 생겼는지 알 수 없는 작은 집 하나를 상상한다. 그 집의 불가를 생각한다. 쪼그리고 앉아 아궁이를 바라보는 여자가 있다. 참으로 이쁜 불꽃을 보며 그 여자, 예쁘네! 탄식하는 그 집의 식탁을 생각한다. 된장찌개와 열무김치 한 보시기, 구운 고등어 한 마리, 윤기 흐르는 김이 놓인 그 살뜰한 식탁에 마주앉아 도란도란 얘기꽃을 피울 그들을 생각한다. 그저 나무이고 풀일, 햇살이고 바람일 것들을 생각한다. 그 집의 작은 마당과 그 집이 바라보는 산과 그 집에 가끔 들르는 발길들을 생각한다. 닭과 오리와 개와 고양이와 참새와 까마귀와 박새를 생각한다. 수풀에 몸을 숨긴 금낭화의…… 참된 빛깔을 그려본다. 그리고 또 나는 생각한다. 그들이 낸 소롯길을. 큰 도로에 맞 닿아있지만 굽어있어 도로에서는 보이지 않는 그 길을. 오두막으로 이끄는 그 길을 걸어오는 손님을.

  비와 안개를 휘감고 누군가 우사의 문을 열고 들어왔다. 그 무엇도 가시적으로 감지하기 어려운 희뿌연 저녁이었다. 필시 읍내에서 걸어왔을 그이가 털썩 난롯가에 주저앉았다. 두 시간은 족히 걸리는 길을 우산도 없이 걸어 온 낯선 방문객 앞에서 나는 울컥해졌다. 안채에선 할머니와 손녀가 TV를 보며 희희낙락하는 소리가 들려왔다. 나는 사박사박 내리는 빗소리에 젖어들며 상황에서 멀리 떨어져 있다는 소외감에 빠지고 말았다. 익숙한 것들이 밀어 내는 소외의 느낌만큼 참담한 몰골의 손님이 내 앞에 고개를 숙이고 앉아 있었다.

어젯밤 그 귀신인가?

어젯밤 꿈에서 나는 귀신의 등짝을 보았다. 예닐곱의 동창들과 거나하게 술을 마시던 중이었다. 추렴한 술값을 내가 가지고 있었다. 순식간에 어떤 녀석이 내 손에서 그 돈을 낚아채 달아났다. 돈을 찾으려고 뒤쫓다가 그 등짝을 보았다. 작년에 죽은 그 녀석이었다. 이게 꿈이로구나, 알아챘지만 나는 그 등짝이 너무 무섭고 두려웠다. 옆구리에서 허벅지까지 경련이 일어났다. 비명을 질러댔다. 그러나 옆에 자고 있을 아이는 조용하였다. 옆방에서 감기를 앓는 남편이

내 비명을 들어주길 바랐으나 비명이 아무래도 입 밖으로 나가는 것 같지 않았다. 엄지발가락을 움직여 겨우 가위눌림에서 풀려났을 때 나는 벌떡 일어나 창문에 커튼을 치고 방문을 잠갔다.

정말로 등짝만 보이던 그 녀석인가?
그게 아니라면 저것은 어느 날 나 모르게 내 몸에서 떨어져 나갔던 내 마음인가?

문 틈새로 소리가 들어온다. 먼 하늘을 나는 비행기 소리. 저녁밥을 먹으러 오는 나비가 야옹거리는 소리. 안채 처마에 달린 전등이 켜지는 소리. 누가 나오려나? 그러나 아무런 기척이 없다. 사방이 온통 뿌옇다. 어쨌든 저 집에 부모님과 아이와 남편이 있다는 건 틀림없다. 저녁 연기도 귀신의 등짝도 다 헛소리.

나는 자꾸만 감기는 눈꺼풀을 치뜬다. 방문객이 아직 난롯가에 남아있다. 아직은 잠에 빠져선 안 될 시간. 나는 장작 두어 개를 다시 난로에 넣었다. 난로는 다시 온기를 퍼뜨렸고 나는 숨을 크게 들이마셨다. 이윽고 방문객이 얼굴을 들었다.

내 몸에서 연기 냄새가 났다. 옷소매에도 연기는 배어 있었다.

나는 코를 벌름거린다. 나는 이 냄새를 좋아한다.

언제나 삼인조

바람의 짓이 아닌데? 마른 잎을 뒤적거리는 놈이 누군가 궁금하여 꽁초를 끄고 의자에서 일어난 '요'가 고개를 빼고 창밖을 내다본다. 까치 예닐곱 마리가 둥글게 앉아서 먹이를 쪼고 있다. 그런데 뭐지? 이 긴장감은? 까치 떼가 만든 원 가운데가 수상하다. 뭐지? 어머나, 그 너구리로구나. 털이 다 빠져 배와 등이 반질거리는 너구리가 까치들에게 포위된 채 얼음이 되어있다. '요'는 방문을 열고 조용히 '효'를 부른다.

-'효', 이리 좀 와볼래? 너구리가 살아있어.

-진짜? 어디?

―저기 까치들 가운데. 그 너구리 맞지?

―그렇네. 이번엔 진짜 야생동물보호협회에 전화를 해야 하나?

―어? 움직인다. 저리로 간다. 어? 안 보이네. 검불 뒤로 숨었어.

등과 배에 털이 다 빠져 가죽만 남은 너구리를 처음 본 것은 작년 가을이었다. 그때 모녀는 야생동물보호협회가 이곳에서 너무 멀리 있다는 걸 알았고 구조를 단념했다.

―털도 없이 어떻게 겨울을 났지?

―저번보다 살도 오른 것 같은데?

뒷방을 나서며 '효'는 "대단한 놈일세" 한다.

새해를 맞은 지 두 달이 가깝다. 오목한 작은 숲과 산자락 비탈밭에도 곧 봄이 움터날 것이다. 아직은 흙도 나무도 너구리도 회갈색이어서 검불 뒤로 사라진 너구리가 어느 근처쯤에 있는지 보이지 않는다. 푸드드드득 까치 떼가 요란하게 날아오른다. 마른 잎을 뒤적이던 놈들은 예닐곱 마리가 아니라 열댓 마리가 넘었다.

창밖 작은 숲이 다시 고요해진다.

*

삼겹살 한 팩과 호미 세 자루가 '죠'의 자전거 뒤에 묶여 '죠'와 함께 왔다. 그가 개수대에서 손을 씻으며 이마에 돋은 땀을 훔친다.

―벌써 봄이야.

―꽃샘추위가 남았지. 긴장을 풀지 마셈.

'효'가 식탁으로 나오며 말한다.

―고기는 정육점이 마트보다 싸던데?

―그램 수가 다를걸?

아껴둔 상추를 야채칸에서 꺼내며 '요'가 말한다.

―오늘도 삼겹살?

'효'가 시큰둥하게 묻는다.

―저번 상추가 남아서.

'요'는 함지박에 물을 받아 상추를 담가둔 뒤 다시 야채칸을 열어 마늘 봉지를 꺼낸다. '효'가 코펠 냄비를 꺼내어 된장국을 만들기 시작한다. '죠'는 휴대용 버너를 찾아와 식탁에 놓았고 묵직한 사각의 불판을 올린 후 돼지기름을 받을 오목한 그릇을 찾아와 비스듬한 불판 아래 놓는다.

―불판 종류가 삼천 개쯤이나 되는 나라는 이 나라 외엔 없댔지?

―응. 삼겹살의 나라.

―전 세계에 유통되는 일회용 부탄가스의 구십 프로가 한국산이랬던가?

―맞아.

부부의 대화에 딸애가 끼어든다.

―우리 '요' 씨는 정말로 삼겹살 마니아야. 매일이라도 먹을 수 있을걸?

멸치로 국물을 낸 육수에 된장 두 스푼을 넣으며 '효'가 크크 웃는다. 이제 냉동칸에서 다져놓은 파만 꺼내어 고명으로 얹으면 된장국은 완성된다. 세상에서 가장 간단한 '효'표 이 된장국은 맛이 꽤 그럴싸하다.

*

삼겹살로 저녁을 먹은 날엔 루미큐브 게임을 하지 않는다. 식탁을 정리하는 데에 에너지가 다 소진되기 때문이다. 대개는 식사 전과 마찬가지로 식사 후 뒷설거지도 세 사람이 철저히 나누어 일사불란하게 처리하지만 오늘은 너저분한 식탁을 치우자고 일어나는 사람이 없다. 헐벗은 너구리로부터 파생된 이야기가 꼬리를 물고 이어진다.

—저 심장 뛰는 소리를 들어봐.

—드니 라방. <나쁜 피> 군.

—데이빗 보위. <모던 러브>.

—줄리엣 비노쉬를 보고 드니 라방이 뛰쳐나가는 장면에 깔리는 음악이잖아.

—밖에 나가서 담배 피우다가 뭔 짓 하는지 봐.

—담배 계속 펴.

—배를 쳐 가면서.

—봐, 이건 춤이야.

—나도 알아. 그 장면.

—고릴라 같이 생겨서는.

—머리도 엄청 커.

—되게 멋있어. 갑자기 멈춰. 정신 딱 차림.

—와, 뭉클하다.

—그 전까지 프랑스의 대표적인 청춘 영화는 <줄앤짐>이었는데. 튀르포.

-스토리는 다 까먹었는데 순간순간 장면이 기억나는 거지.

-요즘 레오 까락스 영화는 별로야. 이상해.

-요즘도 여전히 영화를 만드나?

-<소년 소녀를 만나다>, <퐁네프의 연인들>. 좋았잖아?

-좋았지. 요즘 건 별로야.

-요즘은 누가 좋아?

-<님포매니악>. 성 중독. 옛날 애인한테 배신당하잖아. 그 장면 생각 나? 언덕 어디를 올라갔는데, 딱 우리집 뒷산 같은 덴데, 멀리에 나무가 있잖아, 제 맘대로 자란 나무를 보잖아. 내 나문가 보다, 하잖아.

-<어둠 속의 댄스>도 멋있고.

-<멜랑꼴리아>가 더 멋있어.

-라스 폰 트리에 걔, 사고뭉친 거 같더라.

-우울증이잖아. 언니가 사는 집에 가 살잖아. 달밤에 깨벗고 강둑에 풀도 있고. 귀접해, 달이랑. 언니가 그 꼴을 보고 진짜 이상한 애구나, 하잖아.

-맞아. <도그빌>도 걔 거야.

-우리가 같이 봤나?

―아니야. 둘이 봤지. 난 애기였잖아.

―지젝도 똘아이야.

―지젝이 히치콕 엄청 좋아하지.

―남자애들 둘이 나옴. 걔들 모두 완전히 인텔리겐차인데 오만과 자만 쩔지.

―제목이 뭐지?

―〈로프〉.

―우리 같이 본 것 중에 진짜 재밌는 거 있잖아. 〈다이얼 엠을 돌려라〉.

―〈북북서〉가 진짜 재밌는 영화야.

―〈새〉는 별로야. 너무 단순해.

―〈북북서로 진로를 돌려라〉. 원제는 노스바이노스웨스트. 이게 진짜 명작이야.

'효'의 영화 목록들이 끄집어져 나온 건 데이빗 보위의 〈모던 러브〉 때문이었다. '죠'가 물으면 '효'가 답하고 '효'가 물으면 '죠'가 답한다. 그 장면 나도 알아, 하며 가끔 '요'가 끼어든다. 세 식구는 너저분한 식탁을 치우지도 떠나지도 않는다. 감히 말하자면 너저분한 식탁을 용납하지 못하는 이들은 얘깃거리가 없는 자들이다. 그들은 식사를 마치기

언제나 삼인조

무섭게 깔끔히 식탁을 치우지 않아도 괜찮다는 걸 모른다. 깨끗한 식탁 위에 커피를 놓고 앉아 건조하게 우아를 떠는 대신 '효'와 '요'와 '죠' 세 사람은 종종 어떤 생선이 돼지기름과 엉켜 식탁에 흘러넘치도록 그대로 두곤 한다. 식사를 마치면 바로 식탁을 말끔히 치워야 하나? 다른 손님을 받아야 하는 식당도 아닌데?

*

밤사이 저 멀리 달아난 줄 알았던 겨울이 다시 돌아왔다. 털옷을 걸치고 이층 계단을 내려오며 '요'가 담벼락을 넘겨다본다. 어딜 간 건지 '죠'의 자전거가 보이지 않는다. 까치 몇 마리가 색이 바랜 가지들을 옮겨 다니며 깍깍댄다. 아침 열 시가 됐다. 이 시간은 중요하다. 세 사람이 하루의 첫 끼니를 위해 모이는 때다. '죠'는 사라졌고 '효'는 이불을 머리 끝까지 올려 쓰고 잠에 빠져 있다. '요'가 '효'를 깨운다. 5분만, 하며 뒤척일 뿐 '효'는 일어나지 않는다. '요'가 커피포트에 물을 받아 전원을 켠다. 세상에나 봉지 커피가 없다. 단 한 봉지도 남아 있지 않다!

5분 뒤 약속대로 '효'가 잠에서 완전히 깨어난다. '죠'가 맥심 한 팩과 씨즌 두 갑을 구해 돌아온다. 우리는 각자의 컵에 봉지 커피를 쏟아붓고 물이 끓기를 기다린다. '효'가 마지막 남은 달걀 세 개로 프라이를 만든다. '죠'가 두 갑의 담배를 모두 꺼내어 13개씩 세 무더기로 나눈다. 무더기에서 떨어져 남은 담배 한 개비를 둥근 양철 과자 통에 넣는다. '요'가 세 개의 커피잔에 끓은 물은 붓는다.

—담배를 한 갑으로 줄여야겠어.

—그렇다면 7, 7, 6으로 나눠야 할 텐데? 아무리 애써도 그건 불가능해. 우리가 열 개비 이하로 하루치 담배를 줄일 수 있겠어?

—아예 다 같이 끊는 건 어때?

—꼭 그렇게까지 해야 할까? 이 즐거움마저 없다면 정말 난 힘들어질 거 같은데?

—정말로 나도 그래.

—그래. 하루에 우리 셋에게 담배 두 갑은 필요해. 차라리 다른 걸 줄여보자.

—날이 완전히 〈칠드런 오브 맨〉이네.

—곧 봄이 올 거야. 그때는 괜찮아질 거야.

언제나 삼인조

-다시 상추의 계절이 온다 이거지? 아휴, 정말.

　젓가락 세 쌍과 접시 세 개뿐이어서 아침 설거지는 간단하다. 설거지를 마친 '죠'가 배낭을 메고 집을 나선다. 겨울에도 자전거를 열심히 운행하는 건 '죠' 뿐이다. 지난여름 그는 자전거로 10분이면 당도하는 거리에 작은 책방을 열었다. 겨울이 오기 전까지 삼인조는 자전거 라이딩을 즐겼지만 석 달 가까이 모녀는 집안에서 꼼짝도 하지 않는다. 장도 퇴근길에 '죠'가 봐온다. 라이딩을 하지 않게 되자 모녀는 바깥일은 고사하고 집안일도 나 몰라라 한다. 하다못해 설거지라도 좀 도와주면 좋으련만. '죠'가 설거지를 할 때면 '요'와 '효' 두 사람은 식탁에서 이러고 놀았다.

　-어머, 너, 사무라이야.

　갑자기 '효'의 이마를 까며 '요'가 말한다.

　-온모할머니 때문이지. 할머니가 어려서 일본에 살았잖아.

　-에이, 그거랑 뭔 상관.

　-엄마가 모르네. 엄마에게도 일본 여자가 보이거든, 얼굴에.

　-일본 여자들 못생겼잖아? 내가 그렇게 못났어?

—아니. 이쁜 일본 여자가 보인다고. 평균적인 일본 여자들 말고.

—하긴, 예전에 소설 써보겠다고 습작할 때에 말이야. 어떤 사람이 내 글을 보더니 일본 정서라고 나무라더라. 나무란 게 아니었나? 아냐, 분명히 나무랐어. 그러며 제일 좋아하는 소설이 뭐냐고 묻는 거야. 그래서 <장마>라고 했더니, 알겠다는 거야. 이해가 된대.

—아들이 구렁이 되는 거?

—응?

—구렁이를 보고 아들이라고 생각하는 거.

—아, 맞아.

—오사카에서 말이야, 중고샵을 갔는데. 일본의 오타쿠들의 중고샵인데. 건물은 허름한데 계산대가 엄청 효율적인 거야. 내가 본 세상에서 가장 못생긴 남자애들이 하나씩 계산대 부스에 다 들어있는 거야. 뾰족하고 길쭉한 애. 넙데데하고 납작한 애. 세상에 못생긴 남자애들만 모아 뽑은 줄 알았어. 앞치마를 두르고 안경을 쓰고 머리는 부스스한 애들이 열심히 아주 열심히 일을 해. 요런 찐따 남자애들. 애네도 살려주는구나 싶데. 갑자기 울컥했지. 그런데 애들이 태

도가 친절하고 잘해. 뭘로 계산을 하시렵니까? 물어서 "카도" 했더니 또 뭐라 뭐라 하는데 카드를 넣으라는 거겠고. 영수증을 드릴까요? 봉투에 넣어 드릴까요? 뭐 그런 말들을 물어. 뭐지? 멀쩡하고 친절해.

―재밌네, 이것도 삼인조의 기록으로 남겨야겠다.

'요'가 서둘러 식탁에서 일어나서는 뒷방 책상으로 총총히 사라졌다.

초현실주의 소설에 자동기술법이 있다면 초자연주의 문학엔 자연기술법이 있나 보라고 '죠'는 생각한다. 까치 소리, 털 빠진 너구리와 같은 것들이 반드시 등장하는 '요'의 기록은 일종의 초자연주의 소설이라 불릴 만하다.

―그래서 실내를 꽉 채운 식물들에게 한 시간 이상 물을 주는 게 그렇게 중요한 일이겠지.

네거리 탕제원 앞, 쪼르르 줄 서 있는 화분들을 지나가며 '죠'가 읊조린다.

*

―애, 커피를 네 것만 타온 거야? 물은 내가 올렸는데?

―내 건 아까 아빠가 타 준 거야.

―아, 그래? 미안.

'요'가 두 잔째의 커피를 타와 식탁 노트북 앞에 앉자 '효'가 말한다.

―어젯밤에, 위키피디아 목록을 내레이션하는 영상을 봤는데. 특이한 사건들이나 인물들을 소개하는 채널이거든. 어제는 어떤 고등학교 교사였던 거의 할아버지인 미국 아저씨 얘기를 들었지. 이 아저씨는 5분마다 일기를 써야 돼. 강박이야. 수염을 깎았다. 신문을 봤다. 정원에 물을 줬다. 5분 뒤엔 또 이런 기록을 남겨. 청소기를 돌렸다. 5분 뒤엔 또 다시 이렇게 기록하지. 아내의 심부름으로 빵을 사왔다. 뭐 이런 식으로 5분마다 일기를 쓴단 말이지. 그렇구나, 그럴 수 있지, 했는데, 갑자기 엄마가 생각났어. 엄마가 지금 그러고 있잖아? 그런데 나이가 들고 병이 들어서 나중엔 그 미국 아저씨가 일기를 5분마다 못 썼을 거 아니야? 얼마나 쓰고 싶었을까 생각하면 또 울컥해지네. 날도 우중충하고.

―그래도 재밌게.

―어어.(응, 알겠어)

요즘 자꾸만 울컥해지는 '효'가 책상으로 가 앉으며 헤드

셋을 쓴다.

그 시각 책방에 도착한 '죠'는 안으로 들여놓은 화분들에 물을 준다. 아침에 일어나 일을 시작하기 전, '요'는 집 곳곳에 놓인 화분들에 물부터 주었다. '요'의 이 루틴이 '죠'에게도 옮겨졌다. 책방 벽에 일일이 테이프로 붙여놓은 수 미터의 마삭줄 줄기가 말라죽은 뒤부터 생긴 루틴이다. 루틴이란 게 일종의 숨 고르기란 걸 '죠'가 알아챘다.

그 시각 '요'는 수돗가에 세워진 세 자루 호미 앞에 쪼그리고 앉았다. 뭐가 적당할지 손잡이를 잡아보았다. 날이 평평한 건 땅을 파기 불편할 거고 갈고리 모양의 날을 가진 놈은 손잡이가 손아귀에 딱 들어오지 않았다. 토끼 귀 그림자를 만들 때 그러듯 검지와 중지를 뻗어 구부린 듯한 호미가 적당해 보였다. '요'는 토끼 귀를 집어 들고 대바구니를 챙겨 대문을 나섰다. 날이 <칠드런 오브 맨>이라던 '효'의 말이 떠올라 피식 웃음이 새어 나왔다. 냉이를 캐고 싶었던 건 어제였다. 호미를 찾지 못해 손이 근질댔다. 퇴근하는 '죠'에게 호미를 부탁했는데 무려 세 개나 사 왔다. 나물을 캘 생각에 손이 근질댔고 맘도 간지러웠다. 방심했다. 오늘도 볕이 좋을 줄 알았다. 날이 좋지 않지만 '요'는 어제 생겨난 손의 욕구를 멈출 수가 없다.

손이 할 일이 없을 때면 '요'는 어김없이 무료해진다. 그럴 때엔 그 하기 싫은 설거지마저 고마웠다. 매일 가계부를 쓰는 것도 도움이 되었다. 손이 심심해질 때를 대비해 일주일씩 가계부 정리를 미루기도 했다. 그렇더라도 금전출납은 두세 줄 뿐이어서 이내 손이 또 심심해지곤 했다.

그러니, 날씨가 궂든 말든 낮이니까, 할 일이 있다면(할 일을 만들었다면) 신명이 난다. 호밋자루를 잡은 손이 재빠르게 산비탈로 걸음을 이끈다. 산을 개간해 밭을 만든 사람들이 고맙다. 그러나 냉이는 발견되지 않는다. 밭둑에 일단 쪼그리고 앉는다. 그래야 뭐가 보이든 보이니까. 털이 다 벗겨진 너구리 뒤에서 이제나 저제나 놈이 고꾸라지길 기다리던 까치 떼가 겁도 없이 '요'의 발치를 서성거린다.

*

저녁으로 수제비를 먹기로 한다. 수제비도 세 사람이 일을 알맞게 나눌 수 있는 좋은 요리다. '요'는 '죠'가 퇴근하기 반 시간 전에 이미 반죽을 해 놓았다. 다시마와 멸치를 우린

육수는 이번에도 '효'가 냈다. '요'가 김치통을 꺼내어 마지막 남은 김치를 쫑쫑 썰어 보시기에 담아 둔다. 그새 또 몇 발짝 동장군이 물러난 모양 눈 대신 비가 내리기 시작한다. '효'가 멸치를 건져 내고 육수에 김치를 붓는다. 가스 불을 높여 한소끔 끓인다. 빗줄기가 굵어진다. 자전거 대신에 택시를 타고 귀가할 거라고 '죠'에게서 연락이 온다. 제 아빠가 도착할 즈음 '효'가 우산을 받쳐 들고 골목으로 나선다.

손을 깨끗이 씻은 '죠'가 비닐을 벗겨 두 덩어리로 반죽을 나누고는 도마 위에 밀가루를 흩뿌린다. 테니스공만 한 반죽 두 덩어리 중 한 덩어리를 도마에 올린 뒤 다시 삼등분한다. 모두가 식탁에 모여 수제비를 빚는다. 쟁반 가득 수제비가 쌓이면 '요'는 잠시 식탁을 벗어나 끓고 있는 멸치김치육수에 수제비를 쏟아붓는다. 휘 휘 두 번 휘젓고는 다시 식탁으로. 접시에 수북한 수제비를 다시 국물에 투하한 뒤 착석. 테니스공만 한 수제비 하나를 마저 밀대로 미는 '죠'. 다시 삼등분. 다시 빚기. 우르르 투하. 휘휘 젓고. 착석.

세 사람 가운데에 보글보글 끓고 있는 냄비가 놓인다.

-우선 '효'가 먼저 떠.

음식에 깐깐한 '효'를 필두로 각자 한 대접씩 수제비를 퍼

담는다. 매콤하고 구수한 냄새가 식욕을 자극한다.

저녁 식사 후 삼인조는 루미를 한 게임 한다. 루미! 하고 외치는 자가 누구라도 상관없다. 오늘도 설거지 담당은 '죠'다. 지거나 이기거나 상관없이 저녁 설거지는 언제나 '죠'에게 맡겨진다. 삼인조는 시답잖은 말들을 나누며 시시각각 내려오는 어둠을 체크한다. 창밖 사물의 형체가 분간되지 않을 즈음 '효'가 말한다.

–이제 위층으로 올라가시지요.

휴대폰 손전등을 켜고 '죠'와 '요'가 1층 현관을 나온다. 수돗가를 돌아 2층 계단을 오르는 동안 머리가 젖는다. 떠밀리듯 급히 나오느라 우산을 챙기지 못한 까닭이다. 다시 밤이 왔다. '요'에게 밤이란 TV를 보며 시간을 죽이는 시간 외에 아무 시간도 아니다. 그래서 '요'는 저녁 무렵이 되면 부쩍 히스테릭해지곤 한다.

2층엔 방이 세 개가 있다. 현관 앞 작은 방엔 커다란 TV가 놓여있다. '요'의 방이다. 맞은 편 대각에 놓인 작은 방은 '죠'의 방이다. '죠'의 방 맞은편에 2층에서 가장 넓은 방이 있다. '효'의 방이었으나 지난여름 열대야가 지속되자 '효'의 책상과 컴퓨터가 아래층 부엌 옆방으로 옮겨졌다. 행거와 옷들은 부엌 뒷방으로 옮겨졌다. 비어있는 이 넓은 방은 게스트룸으로 사용되나 요즘은 빈 채로 문이 닫혀있다.

밤이 오면 '요'는 TV를 켜고 누워 시간을 살해한다. 그에 반해 '죠'는 밤이 와야 새로운 활기를 얻는다. 오늘처럼 가끔 '요'가 TV를 켜지 않고 자리에 눕는다면 2층을 가득 채우는 소리를 들을 수 있다. '요'가 책장을 넘기는 '죠'의 리듬감에 빠져들 때 아래층의 청년은 제 안의 고독으로 침잠한다. 어떤 깊이의 고독인지 부모는 모른다. 청년은 그것에 관해선 절대로 입을 열지 않는다.

*

자정에 달자가 떨어졌다는 소식이 들려온다. 아래층으로 내려가며 '요'는 사육함 벽에서 폭신한 코코피트 위로 떨어진 거겠지, 그 정도 높이라면 죽지는 않겠다고 생각한다. 그러나 사육함 뚜껑과 투명 벽이 만나는 모서리에 있던 달자가 '효'가 뚜껑을 여는 사이 툭 방바닥으로 떨어졌다는 것이다. 물을 뿌려주려고 뚜껑을 열다가 1미터 50센치 높이에서 딱딱한 방바닥으로 달팽이를 떨어뜨린 것이다. 제 손바닥에 달자를 올려놓고 껍질을 살펴보던 '효'가 다급하게 소리친다.

−엄마, 계란이 남았나 찾아봐줄래? 계란 속껍질이 있어야 해.

'요'는 냉장고를 열고 반찬 냄새를 없애려고 모아놓은 커피 찌꺼기 위에서 달걀 하나를 찾아낸다. '효'가 득달같이 개수대로 달려가 속을 버리고 껍질의 안쪽에 있는 얇은 막을 분리해 온다. 달자의 껍질에 그 얇은 막을 붙인다.

−달자 껍질이 깨졌어. 이렇게 우선 해보고, 죽으면 뭐 어쩔 수 없지.

−오래 살았어. 요샌 밥도 잘 안 먹고 잘 움직이지도 않더라. 뚜껑이든 벽이든 모서리든 딱 붙어있지 못하고 떨어질 정도면 수명이 다 된 거지, 뭐.

−그래도 일단 응급조치를 했으니 기다려 봐야지.

−수명이 기껏해야 일 년이라고 했잖아. 우리 집에서만 벌써 열 달이야.

−각오는 하고 있어. 애네는 죽으면 바로 냄새가 나거든. 아직 냄새가 안 나. 살아있는 거야.

'효'의 얼굴에 드리웠던 근심이 살짝 걷힌다. 맑아진 얼굴로 '효'가 말한다.

-충분히 미물이면 더 자연에 가깝나 봐. 어떻게 죽자마자 바로 냄새가 날까?

-달자에게서 냄새가 나?

-아니, 냄새 안 나. 얘, 아직 살아있어. 그런데 애네는 죽으면 바로 냄새가 난대. 그래서 죽음을 금방 알 수 있다고 해.

-그래, 저번에 제 껍질 키울 때도 잘 이겨냈잖아. 달자 괜찮을 거야.

-각오는 하고 있어. 저번보다 충격은 덜할 거야. 그때 충분히 놀라서.

-기다려 보자.

-응.

작년 오월, 텃밭 상추에 달팽이들이 붙어 왔다. 일곱 마리가 발견되었고 바로 다시 밭에 놔주었는데 서너 번 씻을 때도 보이지 않던 한 놈이 상추 틈에서 밤을 꼬박 지내고 다시 아침상에 오른 상춧잎 뒤에 매달려 있었다. 우리는 놈을 키우기로 했다. 그 애가 달자였다.

눈 대신 비가 내리고 땅 위로 싹이 돋는다는 우수. 아침이 오자 비는 그쳤고 날이 갰다.

―아침은 뭘 먹지?

―글쎄. 밥을 새로 해야 할 건데?

삼인조 중 한 명이 아직 취침중이라 이인조는 조심스럽다. 맥심커피 한 잔씩을 타 뒷방으로 들어가 창문부터 연다. 하루 사이 회갈색 나뭇가지가 검은 녹색으로 바뀌어 있다. 흙도 나무도 물기를 머금어 색이 짙다.

―어제 몇 시에 잤나?

―두 시 반? 어쩌면 세 시쯤.

―아침을 뭘 해 먹지?

―글쎄. 비는 완전히 그쳤네.

―아침 메뉴가 전혀 떠오르지 않아.

―서두르지 마, 괜찮아. 쌀은 내가 안쳐놓을게. 오늘은 같이 아침을 못 하겠는걸? 손님이랑 점심을 먹기로 했어. 어제 내가 얘기했지? 아는 형이 책방에 잠깐 들를 거야. 같이 점심을 하기로 했어.

―아, 그랬지. 어서 가봐. 청소도 좀 해야겠네?

―아침은, 서두르지 말고 천천히 생각해. 생각이 안 나면 '효'더러 아침을 준비하라고 해도 되니까.

―그래. 그러면 돼.

배낭을 멘 '죠'가 다시 방으로 들어와 뜬금없이 '요'의 어깨를 토닥이며 웃는다. '요'는 어서 가보라고 '죠'의 등을 떠민다.

꾸공. 꾸공. 꾸꾸꾸꾸공. 꿩의 우렁찬 울음에 숲이 쨍쨍 울린다.

*

―미안해요. 날 깨우지 그랬어요? 한 시가 넘었네. 내가 밥을 준비해 줄게.

―괜찮아. 난 방금 식사를 했어. 아빠가 밥은 해놨어. 사흘 전에 명란 파스타를 해 먹었잖아? 그때 쓰고 남은 꽈리고추가 있어서 반찬으로 먹었어. 김부각도 좀 남아 있었고. 아주 맛있게 먹었지. 그런데 따님이 먹을 반찬을 만들어 놓지는 못했어.

―괜찮아요, 아직 명란젓이 남아 있으니까.

양치질을 하며 '효'가 토악질을 한다. 지난밤 폭우를 뚫고 '효'가 담배 한 갑을 사러 나갔다 왔다는 것을 '죠'로부터 들었지만 모른 체 하기로 그와 약속한 대로 '요'는 내색하지 않는다. 지난밤의 고독이 너무 깊었는지 양치하는 내내 '효'가 몸 저 안쪽에 깊게 쌓인 것들을 쏟아낸다.

―상쾌하네요. 난 이제 파스타를 만들어 먹겠어요.

하오 두 시. 맥심커피에 얼음을 띄운 냉커피 옆에 명란 파스타가 담긴 흰 접시가 놓인다. '효'의 첫 식사 시간이 점점 늦어지고 있다.

―삽화 작업도 시작할 거니까 너무 걱정하지 말아요.

―걱정 안 해. 알아서 잘하니까.

'효'는 어떤 교육단체가 만드는 책에 들어갈 삽화 스무 개와 표지그림을 의뢰받았는데 3주 안에 그 작업을 마무리해야 한다. 마감을 어긴 적은 한 번도 없으니 걱정할 일도 없다. 대신 앞으로 식사 준비는 제가 해야겠다고 '요'가 맘먹는다.

―그리고 좋은 소식 하나. 오늘 새벽에 달자가 잘 움직여 다녔어요. 살아났어요.

―어머나, 기특해라.

―장하지? 우리 달자?

―장해.

손의 다른 볼 일이 없는 낮이면 '요'는 저녁 준비 전까지 뒷방 창 아래 놓인 책상에 턱을 괴고 앉아 하염없이 숲을 본다. 숲으로 난 창문은 언제나 열려 있는데 '효'의 옷들이 한쪽 벽을 차지하고 있는 이 방이 삼인조 '효'와 '요', '죠'가 함께 이용하는 흡연실인 까닭이다. 문들이란 문이 죄 열리는 계절엔 실내의 모든 장소가 흡연구역이지만 겨울엔 실내 흡연은 딱 두 군데에서만 가능하다. 아래층에 있는 이 방과 위층 옥외화장실까지 이어지는 복도가 그곳인데 갑갑한 복도에 비해 전망도 좋고 넓고 안락한 이 방이 주 흡연실이 되었다. 그렇더라도 매캐한 탄내는 나지 않는다. 겨울에도 이 방의 창문은 늘 열어두는데 숲의 냄새가 담뱃내보다 늘 짙고 컸다. 이 방 창 아래 놓인 책상에 앉아 '요'는 턱을 괴고 창으로 들어오는 바람을 맞으며 작은 숲과 산등성이를 깎아 만든 비탈밭에 볕이 내리고 비가 오는 것을 보는 게 취미다. 바람이 불고 눈이 내려도 좋다. 작은 소리들을 품고 있는 작은 숲은 대체로 고즈넉하고 그윽하다.

*

 저녁 무렵 다시 비가 내리기 시작한다. '죠'가 자전거를 두고 이번엔 걸어서 귀가한다. '죠'와 '효'가 바빠지면 '요'가 혼자서 저녁을 준비했다. 설에 친구가 보내준 즉석 잡채 두 팩으로 '요'는 잡채 볶음밥을 만든다. '효'는 동무와 통화 중이다. '죠'가 연탄을 피울지를 물어온다. '요'가 글쎄, 하며 '죠'에게 선택을 떠넘긴다. '죠'가 2층으로 올라간다. 5분 뒤에 잡채밥이 완성된다. '요'가 식탁으로 식구들을 부른다. 현관을 열고 들어온 '죠'에게서 번개탄 냄새가 난다.

 ―혹시 또 변기가 얼면 안 되니까.

 ―잘했어.

 국도 없이 세 식구가 꾸역꾸역 잡채밥을 입안으로 떠 넣는다. '요'의 동무에게서 전화가 걸려온다. 오늘 노트북을 반납하고 학교의 모든 업무를 마쳤다는 그이가 책방 비밀번호를 물어온다. 한 시간쯤 있을 곳이 필요해서라고 한다. '요'가 비밀번호를 알려준다. 잊을까 봐 문자도 함께 전송한다.

 ―인류 대종말의 시대에 먹음직한 밥이네.

접시에 담긴 일품요리는 퍽퍽하다.

-아, 동치미가 좀 남았지.

목이 멘 '죠'가 김치통을 기울여 마지막 동치미를 푼다. 세 그릇을 균등하게 채운다.

-난 동치미가 싫어요. 두 분이나 드셈.

-인류 종말의 시기가 오면 국물은 못 먹겠지?

-그러면 엄마는 큰일이겠다. 국물이 없으면 밥을 못 먹으니까.

식사는 간단했으나 설거지가 많다. '죠'가 접시를 닦는 동안 '요'가 커다란 동치미 통을 부신다.

-김치냉장고가 널널해서 좋네.

-굿. 이제 올라가시지요.

어둠이 짙어지기 전 '죠'와 '요'는 2층으로 올라온다. '죠'는 '죠'의 방으로. '요'는 '요'의 방으로. '죠'의 방에서 부스럭거리는 소리가 난다. 앉은뱅이책상 위로 물체가 놓이는 소리를 들으며 '요'는 TV를 켜는 대신 아는 형이 소개한 책을 펼친다. 달자가 방바닥으로 낙하하던 어젯밤에 『존재의 세 가지 거짓말』 상권 「비밀 노트」를 순식간에 독파했다. 오늘은 중권 「타인의 증거」를 읽을 참이다. 「비밀 노트」의 마지막에서 '아빠의 축 늘어진 몸뚱이를 밟고,' 쌍둥이 중 '하나만 국경을 넘어갔다. 남은 하나는 할머니 집으로 돌아왔다.' 이제 어떻게 될까? 중권에선 '우리는'으로 서술되던 쌍둥이의 이름이 드러날까? 오호, 드러났다. 루카스. 특징과 관계로만 불리던 인물들이 드디어 이름으로 등장한다. 그러자 보통의 소설이 되고 만다. 재미가 조금씩 사라진다.

오늘 밤은 어제보다 어둠이 얕다. 청년의 고독도 얕을 것인가. 상권에 비해 중권은 평범하다. 새벽에 '요'는 이부자리에 누운 채로 하권 「50년간의 고독」을 펼쳐 든다. '나'는 누구인가? 클라우스인가? 루카스인가? '요'가 끈질기게 글자들을 붙잡고 있지만 끝내 소설책이 얼굴을 덮친다.

*

사방에 눈 천지. 어디가 길이고 어디가 밭인지. 두엄더미 앞에서 어린애 하나가 걸음을 떼지 못한다. 어린애가 노인네처럼 구부정하게 서서 시 비스름한 구절을 읊조린다.

길은 오십 센치 폭이면 족하오

길을 지우는 눈은 싫소
좁은 오솔길이라도
눈길이면 무섭소
길을 숨기는 눈은 싫소
눈이 좋기는 나뭇가지에 쌓이는 눈뿐이오

'효'는 조붓한 길이 좋았다. 글도 비밀의 숲으로 이끄는 오솔길 같은 그런 글이 좋았다. 그런 게 저의 호흡에 잘 맞았다. 가끔 눈 덮인 평원을 만나 이번엔 걸음을 떼보자 온 힘을 주었지만 언제나 실패했다. 넓고 고요한 것들은 늘 막막했다.

잠들기 적당한 어둠이라고 생각하며 '효'가 자리에 누웠다. 다가올 밤들의 어둠은 점점 더 얇을 것이다. 닷새 뒤의 밤은 가장 얇은 어둠을 두르게 되겠지. 재작년 정월 보름에 온모할머니가 귀천했다. 그리하여 외삼촌은 언제나 가장 얇은 어둠 아래서 허공을 걸어오는 온모할머니를 맞이하게 되었다고 '효'는 생각한다.

*

  매일 아침 아홉 시 반에 정확하게 오던 전화가 없자 '요'의 하루가 열리지 않는다. 병원엘 갔나? 늦잠을 자나? 며칠 전 밤 아홉 시가 넘어 오라비에게서 전화가 왔을 때처럼 마음이 불안하다. 밤을 아침으로 여긴 저를 가엾어하던 웃음소리. 안과, 치과, 내과를 사나흘 간격으로 방문하는 오라비의 일정을 '요'는 들어도 잊고 만다. 아마도 오늘쯤은 치과이리라. 그렇다면 오전 중엔 오라비 전화를 받기는 어려울 터. '요'가 '죠'가 자고 있는 방문을 열며 우울한 목소리를 던진다.

  ―연탄불을 봐 줘.

  '죠'를 깨운 뒤 담배와 돋보기와 휴대폰을 작은 천 가방에 넣고 아래층으로 내려온다. 수돗가에 세워둔 호미를 힐끗 보고는 현관문의 비밀번호를 누른다. 마지막 번호에서 늘 실수를 한다. 위층 도어락의 숫자와 마지막 번호가 하나 차이로 다른 까닭에 아래층에서도 위층에서도 단번에 문을 열지 못한다. 도어락 비밀번호를 통일해주라고 '죠'에게 백만 스물한 번을 부탁했건만.

안전안내문자가 휴대폰에 뜬다.

-경찰은 **시 주민인 정**씨(남, 55세)를 찾습니다. 170cm, 65kg, 모자, 어두운 계열 잠바, 검정 바지 ☎ 182

-아직도 이 사람을 못 찾았네 보네.

-누구?

식탁에서 커피 한잔을 마시던 '효'가 묻는다.

-또 치매 환자가 집을 나간 듯. 어머나, 우리 '효', 일찍 일어났네? 어쩐 일이야?

-연습.

-무슨 연습?

-내일 아홉 시 차로 서울 가잖수.

-아하, 내일이구나. 몇 밤 자고 오지?

-세 밤. 보름 전날에 귀가함. 아침은 뭐를 먹을까?

우리는 언제나 아침식사가 고민거리다. 커피와 빵도 여간 물리는 게 아니다. 콘플레이크와 우유도 매한가지. '요'의 손은 지난해부터 요리에 더는 신이 나지 않았다. '효'가 주로 음식을 만들어 냈는데 '효'도 점점 흥미를 잃어갔다. 이제 더는 내가 뭐 좀 만들어 볼게, 하지 않는다.

-벌써 커피도 다 떨어졌구나. 아빠에게 커피를 사다 달

라고 해야겠네.

−아빠는 뭐하심?

−연탄 갈고 내려올 거야.

−날씨가 다시 〈칠드런 오브 맨〉이야. 으스스해.

−내일 옷 단단히 입고 가야겠다.

−응.

*

'효'가 피피티를 만들어야 한다며 제 방으로 간다. 친구들과 만날 때 각자 뭐를 발표해야 한다고 한다. 주제는 비밀이란다. 비밀이니 자기 근처엔 얼씬을 말란다. 그런 참에 '요'는 오랜만에 외출을 한다. 주위에 얼씬도 말라는 '효'의 위력에 밀려 '요'가 '죠'를 따라 골목을 함께 나선다.

−요즘 청년들은 저러고 노는구나.

−니야옹.

−이따 저녁에 봅시다.

−각자의 일을 잘하기로 하자.

−그건 '효'의 어투인데?

-니야옹. 니야옹.

-그러게. 입에 뱄나 봐.

나란했던 길이 네거리에서 갈린다.

외출이랍시고 나온 곳이 마트였다. 언젠가는 일주일 치 식단을 정해 장을 보기도 했다. 그다지 유용하지 않다는 걸 삼인조는 금방 알아챘다. 재료들은 물러갔고 버려졌다. 오일장이 서는 날에 맞춰 장을 봤는데 이번엔 다음 장이 서기 전에 재료들이 바닥이 났다. 그리하여 매일 마트에 들러 하루치 장을 보기도 했다. 그건 그저 불필요한 소비만 부추겼다. 요즘은 아예 장터나 마트에 나오지 않았다. 퇴근하는 '죠'에게 당장 필요한 것들을 부탁하는 게 훨씬 경제적이고 편했다.

습관적으로 '요'는 오른편으로 걸음을 잡는다. 삼인조는 과일류를 썩 좋아하지 않는다. 쌀은 아직 있고, 수증기를 쐬고 있는 채소들은 너무 비싸다. 그래도 마늘 한 봉지를 담는다. 어묵이나 햄류도 가격이 많이 올랐다. 멸치는 하나 있어야지. 국물용 멸치 한 팩을 바구니에 담는다. 일품요리류는 건너뛴다. 생선 코너 앞에서 걸음이 멈춘다. 내일이 장날이니 이 코너도 패스. 싸고 좋은 보리굴비를 파는 난전을 발견

했으므로. '요'는 몸을 돌려 장류와 소스류 선반을 뒤진다. 된장과 간장이 바닥이 난 상태다. 간장 작은 병과 중간짜리 된장 용기를 바구니에 넣는다. 기본양념들이 바닥을 보이면 마음이 조급해진다. 저녁은 무얼 해 먹을까? 아직 메인 재료를 선택하지 못한 '요'는 칸을 넘어가 20개들이 맥심커피 곽을 집어 바구니에 넣는다. 맥심커피는 이곳이 인근에서 가장 싸다. 과자가 쌓인 매대를 지나 주류코너를 서성대다 결국 맥주 2병을 바구니에 담는다. 우유와 치즈 코너를 지나 달걀 한 판을 골라 담는다. 맥주를 넣고부터 바구니가 무겁다. 그런데 아직 메인 재료를 구하지 못했다. '요'는 육류코너에서 가장 오래 머문다. 또 삼겹살을 살까? 하지만 집에 상추가 없다. 목살? 그러자면 호박 하나를 더 사야 한다. 호박은 값이 무려 사천 원이다. 패스. 다시 생선 코너를 두리번거리다 걸음을 돌린다. '요'가 알배기 배추 앞에 걸음을 멈춘다. 적당한 값이다. 오늘 저녁의 메인 재료는 채소 중에서 장 싼 배추로 낙점된다. 배춧국에 배추전. 좋은 선택이다. 집에 오자마자 한두 방울 비가 떨어진다. 외출은 절묘했다.

  무엇이든 미룰 수 있을 만큼 미루기로 맘먹은 지 68일째.

그동안 세수는 세 번, 머리는 두 번 감았다. 그런 일은 얼마든지 미룰 수 있다. 그러나 두 끼니의 식사는 미룰 수 없다. 하루를 매다는 두 점.

*

피피티를 마쳤다는 '효'의 전화에 장바구니를 챙겨 '요'가 아래층으로 내려간다.
-다섯 명 모두 피피티로 발표하는 거야?
-안 알려줌.
-네.
-흐흐. 아침은 내가 만들었으니 저녁은 엄마가.
-오케이.
두 시간 뒤면 '죠'가 퇴근해 귀가할 것이다. 우선 개수대에 놓인 그릇들을 설거지하고. 아니다, 설거지를 시작하기 전에 멸치 육수를 먼저 내자. 오랜만에 주방에 들어온 '요'는 자꾸만 분주해지는 마음에 발목이 걸려 휘청댄다. 요리에 완전히 흥미를 잃은 건 아닌 모양 발걸음은 가볍다. 하오 네 시. 드디어 오라비에게서 전화가 온다. 목소리가 좋지 않다. 치과엘 다녀오면 오라비의 입에선 산 사람의 소리라고는 볼 수 없는 목소리가 나온다.

  네댓 번 더 나오셔야겠는데요, 이런다. 4월까지는 다녀야 할 모양이야. 잴 때마다 잇몸이 달라진다고, 임시 의치도 자꾸 빠진다고 하니까 보호자를 찾더라. 누구랑 사시냐고. 그래 혼자 산다고 했더니 뭔 말을 할 듯 말 듯 그러대. 근 일 년 돼 가잖아? 보호자를 찾는 건 이번이 처음이야. 뭐가 85만 원인데 어쩌고 하는데 아휴 괜히 치과 치료를 시작했나 싶다. 치료하다가 잇몸이 아주 망가진 거지. 치과 갔다 와서 세금 내고 어쩌고 하느라 이제 전화한다. 엄마 젯상에 올릴 조기 한 마리도 샀고.

*

  간밤의 폭풍우는 대단했다. 그 여세가 남아서 아침까지도 창틀이 고단하다. 버스를 타고 한 시간 반 이상의 거리를 이동해야 할 때면 '효'는 아무것도 먹지 않았다. 그러며 좌석에 꼼짝없이 시간 반을 앉아 있어야 하는 버스는 가장 부자유한 교통수단이라고 투덜댔다. 장거리를 움직일 때엔 주로 기차를 이용했으나 비도 오고 기차역은 너무 멀다며 가까운 버스터미널로 향한다. '효'가 부른 택시가 1분 뒤에 도착할 예정. '효'가 배낭을 메고 저번 일본 여행에서 사 온 접이식 우산을 펼쳐 들고 집을 나선다.

—틈틈이 카톡을 보내줘.

—그럴게요.

—서울 도착해서 뭐를 좀 먹고.

—응. 친구 방에다 짐을 두고 같이 점심을 먹기로 했어.

'효'가 떠난 골목을 맥없이 바라보는 '요'를 데리고 '죠'가 실내로 들어온다.

—아침은 뭘 먹지?

오늘은 '죠'가 아침을 걱정한다.

—아무거나.

아홉 시 삼십 분, '요'의 오라비에게서 정확하게 전화가 온다.

—오빠, 서울도 비가 오나?

—큰비는 아니다. 우리 '효'는 잘 있지? 이층 오르는 계단 조심해. 미끄럽더라. 빨리 지붕을 덮어야지 원.

전화는 간단하게 끝난다. 오라비의 컨디션이 오늘도 별

로다.

―만약에 전쟁이 나면 형님과는 어떻게 만나지? 교통이며 통신이며 두절이 될 거 아닌가.

―어머. 그 생각을 못했네. 정말, 어떻게 만나지? 어머니야 여기 아랫동네에 계시니 걱정 없는데 오빠가 걱정이네.

―여기로 내려오시라고 해야 해.

―아직은 싫다잖아. 어쩌겠어.

―그나저나 아침은 어떻게 하지?

'죠'가 다시 또 묻는다.

―그게 우리들 매일의 난제야.

'죠'가 봉지 커피가 든 두 개의 컵에 물을 붓는다. '요'가 꽁초가 수북한 재떨이를 비운다. 작년 12월 초 어느 밤부터였다. 불면으로 시달리던 어느 날부터 동무들에게서 오는 전화도 받지 않고 삼인조는 스스로를 고립시켰다. 그 고립의 69일째 날에 '효'가 고립을 풀었지만 사흘 뒤엔 다시 합류할 것이다. 이들의 고립엔 아직까지 아무런 문제가 없으며 대보름을 전후하여 달이 차듯 다시 다정함이 채워지면 자연스럽게 세사로 복귀할 것이다.

*

 고립 101일째. 대보름을 지나오고 우수와 경칩도 다 지나왔으나 삼인조는 여전히 고립을 풀지 못하고 있다. 어디 먼 나라 얘기인 듯 내란범이 석방되었다는 소식이 들려왔다. 삼인조는 오래 앓는 감기 같은 병증에 여전히 사로잡혀 있다. 눈도 목도 입도 뻑뻑하게 메말라 갔지만 분노에 잡아먹힐 수는 없어서 더 극렬하게 다정해지기로 했다. 우선 아침을 함께 만들어 먹으며.

—이런 시절에도 시절이 주는 빛남이 있다고 믿어야 해요.

맑은 된장국을 한 입 떠 넣으며 '효'가 말했다. 바람이 무섭게 불었고 낮과 밤의 길이 같아지는 춘분이 엿새 앞으로 다가와 있었다.

—이제 농사 준비를 해야겠다.

'요'가 말했다.

가와무라 나미

 아버지가 책방을 떠났다. 아버지 말대로라면 자기 문장이 무너져버린 거겠지. 아니면 이 아이 탓일지도. 동네 사람들은 가와무라 나미가 책방 2층 현관문을 두드렸다고 소문을 퍼트렸다. 하지만 나미는 문 앞에서 그저 작은 소리로 야옹댔을 뿐이다.

 문장이 무너진 자 이곳에 들어올 수 없다고 저 광목천에 일필휘지한 사람은 아버지였다. 아버지는 떠났지만 이 작지 않은 걸개문장은 여전히 남아 있다. 나는 수시로 이 문장 아래를 지나다닌다. 가포기전 아저씨에게 빌린 전동드릴을 갖다 줄 때도, 철물점 아줌마네에서 온 떡 접시 위에 호두를 없어 돌려줄 때도, 로랜드치킨 아저씨네에 구운 피스타치오를 심부름할 때도 저 문장을 지나가야 한다. 어제는 플로라 꽃집 아줌마에게 아몬드 한 봉지를 가져다주며 그랬고 지금은 옆집 상포사 아저씨에게 캐슈넛과 호두와 아몬드가 섞인 비닐 팩을 배달하는 중이다. 우리집 심부름꾼이던 아버지가 떠나자 엄마는 나를 심부름꾼으로 부렸다. 요즘의 심부름 품목은 온통 견과류다. 견과류 회사 공장장 아저씨가 책방 회원이 되었기 때문이다.

나는 저 문장이 무섭거나 하지는 않다. 다만 너무 촌스러워 신경이 좀 쓰일 뿐이다. 아버지가 책방에 있을 때는 관심도 없던 문장이었다. 하긴 이 아래층엘 잘 내려오지도 않았다. 그래서 문장이 사람을 이렇게 집요하게 내려다보고 있는 줄도 몰랐다. 아버지가 오래전에 쓴 저 문장이 결국 아버지를 밀어냈다(고 나는 생각한다).

그런데 동네 사람들은 왜 책방 문을 열지 않을까? 그들은 절대로 이 책방 안으로 들어오지 않는다. 이 동네에서 제일 친한 로랜드치킨집 아저씨도 배달을 와서는 문만 두드린다. 간혹 문을 열긴 해도 안으로 한 발짝을 들여놓지 않는다. 부정과 거부의 뜻이 지나치게 센 이 문장 탓이라고 나는 생각한다. 내가 크게 신경을 쓸 바는 아니지만 약간 안타까운 것은 사실이다. 가게를 차렸으면 '어서옵쇼'는 아니더라도 '오지마세요'라고는 하지 말아야 하는 거 아닌가?

문장이 무너진 자 이곳에 들어올 수 없다? 심했다. 이 책방에 굳이 '문장'을 넣어 지은 짧은 글 하나가 필요했다면, '여기서 함께 각자의 문장을 세우자' 쯤이 적당했던 것이 아닐까? 나미가 고개를 갸웃거린다. 아니라고? 촌스럽기로 치자면 이 문장이 더하다고? 나미야, 슬로건이란 게 원체 좀 촌스러운 거란다.

어쨌거나. 심하게 심오한 저 문장을 나는 꽤 오래전부터 만났다. 아버지와 엄마는 여느 때처럼 TV를 켜놓고 두 돌을 앞 둔 나를 치다꺼리하면서 아침을 먹고 있었다고 한다. 비행기 한 대가 세계무역센터 건물에 충돌하는 장면을 봤더라도 그들은 무심코 넘겼을 것이다. 십여 분 뒤에 이어진 두 번째 충돌이 일어났을 때에야 부부는 다급한 목소리가 전하는 화면에 눈을 고정했고 비행기와 거대한 빌딩과 화염이 그래픽이 아닌 실제라는 것을 알아챘지만, 거대한 두 개의 빌딩이 완전히 무너져 내리는 모습을 보면서도 그들은 이게 실제로 일어나고 있는 일이라고는 실감되지 않았다. 이날은 그와 그의 아내가 이곳으로 내려온 지 만 1년이 되는 날이었다. 새로운 일을 시작하는 날이기도 했다. 그는 서두르라는 아내의 채근을 받으면서도 저 글귀를 썼다. 무너져 내리는 세계무역센터를 보던 그에게 불현듯 저 문장이 떠올랐지만 그때엔 저 문장의 굴곡과 깊이를 완전히 알아챈 것은 아니었다. 그러기엔 그는 아직 젊었다.

결혼 4년차인 삼십대 중반의 부부는 부부로서의 최초의 실패(그들의 근거지였던 대도시에서 밀려나 대책도 없이 시골로 이주해 왔다)에도 불구하고 여전히 자신들이 조금은 특별하다고 여겼던 게 틀림없다. 남편은 부랴부랴 먹을 갈았다. 뜨악해하던 아내에게 다짜고짜 적당한 천을 골라달라고 부탁했으며 아내가 찾아온 누런 광목에 단붓질로 써내려갔던 글귀가 저것이다. 문장이 무너진 자 이곳에 들어올 수 없다. 이 글귀는 아버지가 교육문화공동체라는 허술한 모임을 꾸리는 데 좌표가 되었던 것이다.

교육문화공동체 〈글과 함께〉. 고소를 금치 못할 작명. 연초록 바탕에 오렌지색 글자들이 들어가 있던 그 커다란 네온간판을 나는 분명히 기억하고 있다. 산 밑 여자상업고등학교 앞에 있던 4층짜리 건물 3층 벽을 꽉 채운 간판은 꽤

나 커서 찻길에서도 눈에 띄었다. 부부는 일부러 산동네를 거슬러 올라가 산의 이마를 도는 우회도로에 서서 자신들의 사업장을 찾아보곤 했다. 실패를 겪었지만 이내 다시 일어나 새로운 시작을 할 수 있는 나이였다. 크고 작은 난관을 헤쳐 나갈 수 있다고 믿을 나이였다. 계속 앞으로 나갈 슬로건도 필요했을 것이다.

이제 그는 내걸었던 슬로건을 내려야 한다. 여기서 더는 밀려날 곳도 없다. 그러나 그는 저 문장을 내리는 대신 자신이 이곳을 떠났다. 매서운 바람이 갈고리 같은 손으로 낡은 골목을 할퀴던 야밤에 그는 야무지게 배낭을 꾸렸고 새벽이 채 창에 이르기 전에 이곳을 떠났다.

사람에게는 60년마다, 60개월마다, 60일마다, 120시간마다 크고 작은 변화가 생긴다고 한다. 사주명리에 밝은 민수의 말을 빌자면 15년은 한 계절이다. "그래서 최소 60년은 살아야 하는 거지. 인간으로 태어나 네 계절을 다 겪을 권리와 의무가 있는 거지." 미국 드라마 <진짜 형사>를 함께 본 뒤 무슨 얘기 끝에 민수는 모처럼 목소리에 힘을 주어 말했다.

아빠엄마가 거대도시에서 옮겨와 이곳에 산 지도 15년이 훌쩍 넘었다. 그 시절이 그들의 겨울이었다면 입동, 소설, 대설, 동지, 소한, 대한을 거쳐 온 시간이다. 이 크지 않은 도시에서도 무수한 이사가 있었다. 5년 전 그들은 다시 또 터를 옮겨 여기에다 책방을 열었다. 교육문화공동체란 수식어를 떼어버리고 천변책방이란 겸손한 간판을 달았지만 누렇게 바랜 저 글귀는 여전히 책방 현관 벽에 걸려 사람들을 내려다봤다. 자기의 문장을 세우려는 몇을 보호하기 위해 그런 조치는 늘 불가피했을 것이다. 하지만 아버지는 자신의 문장에 균열이 일어나는 것을 막지는 못했다. 가족들의 생계를 책임져야 했다는 것은 변명에 불과하다. 변명은 한번 시작되면 눈덩이처럼 불어난다. 굴러오는 덩어리의 속도와 무게에 사색이 된 채 뒤로 밀리기 십상이다. 그리하여 압사당하지 않으려면 잘아지고 좁아져야 한다. 하지만 잘아지고 좁아진 몸은 덩어리의 표면에 들러붙어 그 덩어리를 함께 굴리는 우를 범하고 만다. 결국 자신의 이야기를 잃게 되는 것이다. 아버지는 너무 늦게 그것을 깨달았다. 이건 남의 얘기다, 나는 내 이야기를 잃었구나, 나는 변명에 갇혀 한 걸음을 내딛지 않았구나. 하지만 깨닫는 그 순간이 바로 이야기가 시작되는 지점이 아니던가. 나도 그건 안다.

  이 골목에서 내뺀 아버지는 굴러오는 변명덩어리 뭉치를 잠시 피할 수는 있을 것이다. 근육이 빠져 가늘어진 몸의 뼈대라도 다시 간추려 볼 참이라고 했다. 다시 몸의 뼈대를 갖추어 오겠노라 했다. 골칫덩어리를 치우겠다고 했다. 과연 그럴 수 있을까? 다시 돌아와 책방을 접을 수 있을까? 이 골목을 꽉 채워 굴러오는 저 덩어리를 길 밖으로 내동댕이칠 수 있을까? 혹시 또 다른 핑계덩어리를 다른 길에서 굴리고 있는 건 아닐까?

  아버지는 고양이 털 알레르기가 있었다. 다행히 그는 이곳을 떠나 산골로 들어갔다. 그는 이제 눈물, 콧물을 흘리며 재채기를 하지 않을 것이다. 두드러기도 사라졌을 것이다. 아버지는 결국 산골로… 갔다. 아버지가 들어간 산골엔… 다행히 큰길은 없다. 사람 하나 다닐만한 좁은 길들이 나 있을 뿐이어서 덩어리 뭉치가 굴러와도 그는 압사당하지 않을 것이다. 변명덩어리가 뭉친다 해도 발길질 한 번이면 걷는 길에서 치워버릴 수도 있다. 그는 가벼워질 것이다. 골칫덩어리를 이곳에 남겨두었으니.

  도대체 다리도 건물도 아니고 문장이 무너진다는 것은

무슨 뜻일까? 질문을 받은 나미가 고개를 홱 돌린다. 원도심의 늙은 골목에서 가로등 하나가 무거운 어둠을 들어 올리려고 용을 쓰지만 역부족이다.

이런 걸 절망이라 해야 하나? 엄마는 왜 자꾸 몸집이 커지는 걸까? 책방 이층을 거의 다 채운 엄마를 한눈에 보게 되는 날이 다시 올까? 어쩌면 아버지를 이곳에서 몰아낸 건 걸개문장이나 내 품에 안겨있는 가와무라 나미가 아니라 엄마였을지도 모른다. 자꾸만 몸집이 커지는 엄마를 아버지도 한눈에 볼 수가 없어서 절망을 했던 건지도.

바깥에서 일을 할 때 엄마의 몸은 52킬로그램이지만 집으로 돌아오면 무게며 부피를 재는 게 무의미할 정도로 무거워지고 부푼다. 방문을 닫아도 문들을 비집고 흘러 들어오는 엄마의 살들이 보인다.

"22년 전이구나. 엄마가 아빠를 처음으로 만났지. 22년 전이라니. 엄마는 그 시간이 바로 조금 전인 것 같은데. 이토록 생생하게 불러올 수 있는데. 그 계단, 올라가고 내려옴, 지금도 엄마는 그 계단에 있는 것 같은데 말이다."

가와무라 나미와 내가 2층으로 올라오자마자 엄마의 밑

도 끝도 없는 고백을 들어야 했다. 엄마의 몸이 2인용 초록 소파를 가득 채우자 넓은 거실 바닥으로 내려앉기 위해 살들을 주섬주섬 잡아당기며 말했다. 열아홉 살인 나에게 22년 전을 얘기하는 저의가 있는 건 아닐 터이나 난 순간 혼란스러웠다. 이 사람이 나에게 무얼 말하려는 거지? 마음속이 너무나 복잡해졌다. 그러나 엄마의 말은 그 다음으로 이어지지 않았다. 그렇게 뚝? 엄마나 아버지나. 어른들의 화법은 이렇게 멋대로여도 된다는 말인가? 하다가 그건 너무 오버센스라고 정리했다. 만날 수 없는 시간들이 있다. 그런 시간과 만나지면 세상에 오해란 것도 없겠지, 하며 나는 자꾸만 늘어나는 엄마의 살들을 피해 가와무라 나미를 안고 내 방으로 들어와 문을 닫았다. 닫힌 문을 넘어 누군가가 넘기는 책장 소리 같은 게 들려왔다. 페이지와 페이지를 이어가는 어떤 소리들엔 맘을 안심시키는 바람소리가 난다는 것을 알 나이로구나, 싶었다. 감각이란 게 이래서 중요하구나, 하는 것도.

조만간 나도 이 집을 나가야 한다. 흘러내리는 엄마의 살들을 누가 추슬러줄지 걱정이다. 〈수집가들〉과도 이별이다. 민수, 주희, 은혜 그리고 나. 회원이 딱 네 명이었던 교내

자율동아리 <수집가들>에서 우리가 3년 동안 수집해 온 것은 뭐였을까? 우리는 공간을 수집한다고 생각했다.

"이를테면 이런 거란다, 나미야. 은혜는 누군가가 앉아있는 도서관 책상을 수집했다는데 그 도서관의 냄새를 구별할 수 있다고 하더라. 멋진 걸 수집한 게 분명해. 주희는 이 도시에서 연통에서 나오는 연기가 가장 근사하게 보이는 담벼락을 수집했다는구나. 주희는 그 담벼락에 기대어 담배를 필 때 가장 행복하대. 민수의 수집품은 약간 서정적인데 말이야, 그 아이가 수집한 건 글쎄 창호문에 어리는 불빛이었대. 정갈하게 머리를 쪽진 할머니가 창호문에 그림자로 어리는 그 불빛을 수집했대. 민수는 어려서 시골에서 할머니랑 서너 해를 살았거든. 아마 그때 수집했을 거야. 나미야, 내가 가장 아끼는 수집품이 뭔 줄 아니? 바로 이 골목이야. 이 골목은 대체로 황량하거든. 너는 아직 잘 모르겠지만 겨울만 이런 게 아니거든. 여름에도 어딘가 모르게 쓸쓸하단다. 치킨집 아저씨는 죽은 골목이라고 걱정을 하지만 나에겐 그렇지가 않단다. 여긴 박스나 휴지통을 뒤지지 않아도 골목사람들의 무엇이 떨어져 있단다. 잘 보면 다 보이지. 어쩌면 네가 더 잘 알지도 모르겠다. 넌 이 골목의 더 깊숙

한 곳도 다 알지? 그곳을 알려주려고 네가 우리 앞에 나타난 거지?"

지난 가을 우리 집으로 찾아든 길고양이 사진을 보여주며 <수집가들>에게 이름을 공모했을 때, 이런 멋진 이름은 상상도 하지 못했다. 부상은 학교 앞 분식점의 참치마요주먹밥 하나였다. 그런데도 아이들은 엄청나게 열심히 이름을 지어댔다. 야옹이. 나비. 네로. 우리 수준이 고작 이랬다. 그때 우리의 주희가 일갈을 했다. 가와무라 나미. 천(川). 촌(村). 파(波). 무슨 파라고? 우리가 뭐 야쿠잔가? 아니, 아니. 파도. 일본어로 나미. 가와무라는 무슨 뜻? 천촌, 물가 동네란 뜻. 가와무라 나미. 터무니없이 매력적인 이름을 선사한 주희는 진학할 교토로 벌써 떠났다. 어제는 은혜가 부산으로 떠났다. 민수는? 모르겠다. 어디 스파르타식 학원에 들어갈 것 같다고 했다. 나도 곧 서울로 떠날 것이다. 우리의 가와무라 나미는 당분간 엄마와 있어야 한다.

"나미야, 딱 한 학기만 기다려 줘. 내가 자취방 하나를 반드시 얻을 거니까. 그때 나랑 살면 돼. 설마 그때엔 아빠가 돌아와 있겠지?"

나미가 내 배를 꾹꾹 눌러주는 바람에 나는 이내 꿈의 나라로 진입했다. 꿈속에서 나는 거리의 악사가 되었고 나미는 내가 켜는 현악기가 되어 있었다.

막바지 한파가 몰아쳤지만 햇살이 눈부신 아침은 왔고 밤사이 52킬로그램으로 알맞게 몸피를 줄인 엄마가 계단을 내려가 책방 옆 게스트하우스로 향했다. 엄마는 거기서 청소를 한다. 나는 부스러기처럼 떨어져 있는 엄마의 살들을 쓸어 모아 휴지통에 버리고 나미를 부른다. 야옹, 하는 대답이 옥상에서 들려온다.

이 옥상과도 안녕이로구나. 천변을 가로지른 다리를 뚫어지게 바라보던 나미가, 야옹, 아침 인사를 건네온다. 나는 나미를 안고 나미의 시선을 좇는다. 아침부터 술에 취한 사내가 비틀대며 다리 저편으로 가고 잠시 걸음을 멈추었던 허리 꼿꼿한 노인이 이편으로 다리를 건너는 중이다. 우리는 저 몸이 꼿꼿한 노인을 안다. 늙어서도 무너지지 않는 몸을 가진 저이는 퇴역군인이다. 맵찬 바람에도 노인의 걸음은 절도를 잃지 않는다. 그가 책방골목으로 들어서자 나미가 내 품을 벗어나 옥상 끝으로 내달린다. 노인은 오늘도 책방 문을 흔들고 나미는 당장 뛰어내릴 듯 으르렁댄다. 골목을 빠져나간 그가 큰 도로에 이를 때까지 가와무라 나미가 끝까지 경계태세를 풀지 않는다.

골짜기의 한나

 허 선생이 소설 수업을 의뢰해 온 건 새해가 시작된 다음 날이었다. 선생의 학교에서 방학 중에 이런저런 캠프를 여는데, 글쓰기 캠프도 예정되어 있다며 선생은 시를 맡을 테니 나더러 소설을 맡아달라는 얘기였다. 사흘 동안 세 시간씩, 총 아홉 시간을 계획 중인데 강사비가 대략 얼마쯤 된다며 차분한 목소리로 할 의사가 있는지 물어왔다. 평소라면 정중하게 거절했겠으나 급히 해결해야 할 이런저런 비용 문제가 있었고 무엇보다 맡아 가르칠 학생 수가 다섯을 넘지 않는대서 덜컥 그럴까요? 승낙을 했다. 막 시작한 소설에 십 대 소녀의 캐릭터가 필요했는데 모델이 될 인물을 만날 수 있겠다는 생각도 들었다. 내친김에 우리는 보름여 뒤로 날짜도 잡았다. 소도시 외곽에 있다는 학교엔 허 선생의 차로 출퇴근을 함께하기로 했다.

일을 시작하는 첫날의 부담감은 예고 지금이고 여전했다. 때를 맞춘 듯 몰아닥친 한파도 부담을 키우는 데에 일조했다. 남편과 딸애가 아직 깊은 잠에 빠져있어서 조용히 세수를 했고 오랜만에 얼굴에 화장품까지 바르며 출근 준비를 했다. 변변한 외출복이 없어서 딸애의 옷장을 뒤적거렸다. 베이지색 겨울 바지와 무릎까지 내려오는 팥죽색 카디건이 눈에 띄었다. 카디건은 오래전 내가 딸애 나이였을 때 입던 옷이었다. 입어보니 아주 초라하지는 않았다. 안녕하세요? 안녕? 반가워요, 나는 거울을 보며 인사 연습을 했다. 거울 속 여자는 초조하고 불안한 빛이 역력했다. 이미 학생들의 글을 받아 본 터라 그들이 글을 완성하도록 도와주면 될 일이어서 수업 자체엔 큰 부담이 없었다. 부담은 오로지 그들과의 대면에 있었다. 가족 외에 누군가를 대면하는 일에 나는 오랫동안 어려움을 겪고 있었다.

안전벨트를 매는 나에게 허 선생이 들뜬 목소리로 말했다.

"경 작가랑 함께 출근을 하니까 참 좋은데요? 우리가 이런 날도 오네요."

"학교에 갈 일이 너무 걱정이 돼서 잠을 못 잤어요."

중견 시인이자 교사인 허 선생과 나는 동갑에다가 친분도 두터웠으나 우리는 상대에게 말을 놓지 않았다.

"걱정말고 편하게 해요. 우리 아이들이 참 착해요."

안절부절못하는 내 모습을 보며 선생은 상대를 안심시키는 미소를 지었다. 30여 년 경력의 선생에게 나는 완전히 애송이였을 터였다. 나를 안심시킬 심사에서인지 선생은 학교에 도착할 때까지 내가 곧 만나게 될 이름들과 그들의 처지에 관해 들려주었다. 암에 걸린 엄마를 대신하느라 어깨가 무거운 학생이 있다. 학생 하나는 엄마가 베트남에서 온 여성인데 그 엄마가 집을 나갔다. 대여섯 이름에 관한 정보 중에 내 머리에 남은 것은 고작 그 두 개였다. 그러한 정보가 있다고 해서 대면의 부담이 덜어진 건 아니었다. 게다가 방학인데도 학교엔 선생님 몇 분과 행정실 직원분들이 나와 있었다. 오늘 나는 몇 사람의 얼굴을 봐야 하는 걸까? 척추뼈가 주저앉는 것 같았다. 오래 앓아온 이 고질병을 허 선생에게 진작에 털어놓았어야 했다고 나는 후회했다.

수업이 진행될 진로실에 홀로 남겨졌을 때 나는 이 일을 맡은 것을 후회하고 또 후회했다. 누군가 히터를 틀어놓아 따뜻했지만 어딘가 모르게 차가운 병실 같은 느낌이 드는 실내를 천천히 걸으며 심호흡을 했다. 경신아, 이리로 와라, 하는 허 선생의 목소리가 복도에서 들려왔다. 나는 질끈 눈을 감았고 세 시간만 버티자고 되뇌며 주저앉으려는 척추를 세워보려 애썼다.

"소설을 가르쳐 주실 작가 선생님이란다."

귀염성이 있는 남학생이 나를 보며 꾸벅 인사를 했다.

"경신이가 쓴 시들을 좀 볼래요?"

남학생이 주머니에서 들고 다니기 좋은 크기의 노트를 꺼내더니 공손하게 내밀었다. 좋은 성격을 가진 학생이다 싶었다. 시의 내용을 볼 여력은 없었다. 다만 학생의 글씨체가 한눈에 보였는데 그 글씨를 보자 경직됐던 얼굴이 부드럽게 펴지는 느낌이 났다.

"글씨가 참 정성스럽다."

자연스럽게 말이 나왔다. 대면의 첫마디가 무리 없이 나왔기에 이 만남이 괜찮을 수도 있겠다는 긍정적인 생각이

잠깐 들기도 했다.

  진로실로 학생들이 하나둘 모여들었다. 그때마다 선생은 현주야, 소영아, 한나야, 부르며 학생들을 나에게 소개했다. 모두 3학년 진학을 앞둔 동급생들이었다. 학생들은 키가 나보다 한 뼘 이상씩 컸는데 열다섯이라는 나이보다 성숙한 느낌이 들었다. 이 학교의 주인들은 기세가 당당했으며 나를 손님의 자리로 확실히 밀어내는 느낌이 들었다. 그러자 뜻밖에도 척추뼈가 꼿꼿하게 등을 받쳐주었다.

  "선생님, 수업을 해도 되겠어요. 민주는 감기에 걸려 못 온답니다. 세희만 오면 되는데, 조금 늦는다네요."

  "여기서 시 수업과 소설 수업을 같이 하는 건가요?"

  내 물음에 허 선생이 환하게 웃으며 경신이를 데리고 교실을 나섰다. 조용히 교실 문이 닫혔다. 말문마저 닫히기 전에 어서 입을 떼야 했다.

  "반가워요. 오늘은 여러분이 낸 글을 가지고 소설의 도입과 전개에 대해 공부해 볼 겁니다. 내일은 여러분 소설의 위기와 절정을 살펴볼 거고 마지막 날에는 결말과 퇴고에 대해 함께 공부할 거예요." 나와 마주하여 왼편에 앉아 있던 학생이 손을 들었다. 가만있자, 이름이 뭐였더라? "선생님,

저는 이현주입니다. 이번에 시 반에 참여하고 있는데 국어 선생님이 오늘은 소설 반에서 같이 수업을 받아보라고 하셨어요. 저는 소설을 내지 않았어요." 나긋나긋하면서도 분명하게 제 이름과 상황을 알려주며 소녀가 웃었다. 그렇구나, 네 이름이 현주로구나. 잘 알겠어, 하며 나도 따라 웃었다.

미리 받아 본 글은 총 4편이었다. 사흘 동안 그 초고를 완성하도록 돕는 게 내가 해야 할 일이었다. 수업할 글의 순서를 정해 온 터였고 소영, 한나, 세희, 민주의 순서로 글을 봐줄 요량이었다. 민주는 결석이고 세희는 지각이고 이 애가 현주니까, 나란히 붙어 앉은 두 학생이 소영과 한나로구나.

"좋아요. 먼저 소영이 글부터 볼까요?" 말해 놓고도 나는 붙어 앉은 두 친구 중에 누가 소영인지 헷갈려서 두 학생을 번갈아 보았다. 미리 받아 본 소영의 글은 운동부 여학생이 전학생과 절친이 되어 위로를 받고 운동에서도 좋은 성과를 낸다는 내용이었다. 운동에서 성과를 내야 한다는 압박감에 시달리는 학생은 내 쪽에서 보자면 오른편 끝에 앉아 있는 학생의 인물일 거였다. 살짝 긴장하는 그 아이를 현주와 마스크를 쓴 학생이 동시에 바라보며 웃고 있었다. 그렇다면 마스크를 쓴 아이가 한나겠구나. 나는 아이들의 이름과 얼굴을 재빠르게 파악한 뒤에 소영의 글로 돌아왔다.

배드민턴 코치에게 꾸지람을 들은 '나'가 의기소침해져서 집으로 돌아가는데 누군가와 부딪쳐 키링이 떨어지는 장면으로 소설 비슷한 글이 시작되었다. '나'는 속상해서 눈물이 쏟아졌고 '나'와 부딪친 남학생이 미안하다며 사탕과 음료수를 건네주고는 도망치듯 자리를 피한다. 무난한 도입이었다. 그렇더라도 길지 않은 글에서 과거와 현재의 시제가 정돈되지 않아 어지러웠고 주인공 시점과 관찰자 시점이 뒤섞여 있어 몰입을 방해했다. 시점을 정리하며 한 학생당 미리 계산한 시간을 소모하고 있을 때, 조용히 문이 열리며 여학생 한 명이 들어와 현주 옆에 앉았다. 민주는 결석을 통보했으니 지각한 이 학생은 세희일 터였다.

"어서 와. 조금 늦었네?" 나는 며칠 전부터 아이들에게 약간의 경어를 쓸지 완전하게 낮춤말을 할지 고민을 했으나 막상 수업 현장에서는 반말이 자연스럽게 입에서 나왔다.

"세희지? 반가워. 우리는 소영이 글의 도입부를 함께 보고 있단다." 말이 술술 잘 나와 지나치게 발랄해졌던 걸까?

그게 또 누군가에겐 우스웠던 모양이었다. 어디선가 핏, 하는 코웃음이 들린 것도 같았다.

4편의 글 가운데 가장 소설적으로 조직된 글을 쓴 학생이 세희였다. 세희가 가방에서 노트북을 꺼내어 책상 위에 올려놓았다. 그러자 마스크를 쓴 채 아직 제 이름을 밝히지 않은, 분명 한나일 아이가 고개를 획 돌렸다. 마스크가 가리고 있어 그 표정을 정확히 알 수는 없었으나 좋은 감정으로 고개를 돌린 게 아니란 것은 분명했다. 그 한나가 갑자기 기침을 쏟아냈다. 기침이 멎기를 기다렸으나 한나의 기침은 좀처럼 멎지를 않았다. 나는 한나에게 물을 먹어보라고 권유했다. 가타부타 말없이 한나가 자리에서 일어나 밖으로 나갔다. 그제야 나는 감기에 걸린 한나가 반바지 차림인 걸 알게 되었다.

무릎이 드러나는 반바지 차림에서 나는 또 선입견을 가지게 되었는지도 모르겠다. 출근하던 차에서 허 선생이 들려준 정보가 자연스럽게 그런 선입견을 주었는지도 모른다. 한나네 엄마는 베트남 여성인데 한나 엄마가 집을 나간 것 같아요. 한나네 집은 학교에서도 먼 골짜기에 있다고 선생이 학생의 처지를 안타까워하며 말했다. 학기 중엔 스쿨

버스가 운행해서 통학하기 괜찮은데 방학이라 한 시간 반을 걸어오고 걸어가야 한다던 허 선생의 걱정이 고스란히 떠올랐다. 저 차림으로 집에서 학교까지 한 시간 거리를 걸어서 왔다고? 나는 교실에서 나가버린 한나가 히터가 잘 나오는 이 진로실로 어서 돌아왔으면 싶었다. 하지만 1교시가 다 끝나도록 한나는 진로실로 돌아오지 않았다. 소영이 글의 도입부를 마치고 우리는 10분간의 휴식을 가졌다. 내가 화장실엘 다녀오는 사이 한나가 자리로 돌아와 있었다.

2교시는 한나의 글로 진행되었다. '우리가 헤어질 수밖에 없던 이유'의 줄거리를 친구들에게 들려주라고 요청할 계획이었으나 한나의 상태를 보니 그건 무리한 요구가 될 듯했다. 기침은 잦아든 것 같았지만 한나는 세희가 등장하자 매사에 삐딱한 자세를 취하고 있었다.

"한나의 글은 두 남녀가 헤어지게 되는 과정을 그리고 있어. 제목이 아주 정직하지. 주인공 커플이 도입부에 바로 나오는데, 소설을 시작할 때 이렇게 인물을 드러내며 시작하는 것도 좋은 방법이야."

일단 나는 칭찬으로 말의 서두를 꺼냈다. 사실을 말하자면 글의 도입부는 엉망이었다. 인물들의 행동은 급했고 누구의 동선인지 부정확했다. 세부가 빈약하고 심리도 알 수 없는 식사 장면은 전체 글에 아무런 도움이 되지 않았지만, 어쨌든 인물이 나왔고 대화를 했으니 시작은 시작이었다. 문제는 30까지 번호를 매겨놓은 글이 잘 조직되지 않아서 서른 번의 도입처럼만 여겨지는 데에 있었다.

 이걸 어째. 나는 막막한 기분으로 한나를 힐끔거렸다. 마스크를 쓴 채 잊을만하면 기침을 하는 한나와 눈이 마주친다. 한나에게선 왜요? 뭐 어쩌라구요? 그런 기세가 느껴진다. 이른 아침에 일어나서였을까? 평소와 달리 말을 많이 해서였을까? 허기가 몰려왔다. 남자 주인공은 이랬다, 여자 주인공은 이런다, 하며 행마다 번갈아 주어가 바뀌는 한나의 글에 어지럼증을 느끼는 건 나만이 아니었다. 나는 읽기를 멈추고 길을 잃고 각자의 공상에 빠진 학생들에게 질문을 던졌다.

 "우리가 연애를 끝내게 되는 건 어째서일까? 무엇 때문에 연애가 끝나게 되는 걸까? 왜일까? 왜 좋았던 관계가 참을 수 없게 끔찍해지는 걸까? 우리 그걸 한번 얘기해 보자. 소영아, 왜 잘 만나던 남녀가 헤어지게 되는 걸까?"

 소영은 입을 삐죽하더니 어깨를 한번 으쓱하고는 잘 모

르겠는데요, 했다. 현주는 가만히 웃을 뿐 입을 열지 않았고, 가장 늦게 수업에 참여한 세희는 제 노트북만 들여다볼 뿐이었다. 아이들이 어떤 말이라도 해준다면 한나의 빈약한 인물들에게 성격을 부여할 수 있을 터였지만 아이들은 질문을 던져놓고 난감해하는 글쓰기 선생을 돕지 않았다. 그때 한나가 입을 열었다.

"서로 지쳤고 이제 싫어진 거죠."

"그래, 맞아. 하지만 한나야, 서로 다투는 모습만으로는 안돼. 네 말대로 서로 지쳤다면 어떤 일에서, 어떤 점에서 그랬는지 드러내야 독자가 지금 이 둘의 불편함을 따라갈 수가 있겠지? 상대가 어째서 싫은지 그 이유를 알 수 있게 글 속에서 보여줘야 해."

"사람이 싫은 덴 별 이유가 없다던데요? 우리 할머니가 그랬어요."

너를 한번 놀려먹겠다는 말투였는데 나는 외려 기분이 좋았다. 무반응보다는 훨씬 값진 리액션이었으니까.

"그래, 그렇게 말하기도 해. 하지만 잘 들여다보면 싫어진 이유가 있단다. 그 이유를 찾기 싫을 만큼 관계가 나빠져서라거나, 그 이유를 찾다가는 더 화가 나니까 '싫은데 이유가 있냐'고 그렇게 대충 말하기도 하지만 글은 대충 얼버무리는 안돼."

 나의 이 말이 다른 친구들의 호기심을 자극했는지, 아니면 한나와 나의 대화 자체에 관심이 생겼는지 갑자기 아이들이 앞으로 쑥 다가오는 느낌이 났다. 그러나 그것은 2교시가 끝이 났다고 알려주는 아이들의 몸짓이었다. 삐비빅, 삐비빅. 누군가의 휴대폰에서 알람소리가 났고 우리는 다시 10분간 휴식 시간을 가졌다. 나는 수업의 기술이 없음을 절감했다. 마음을 가다듬기 위해 개수대로 가 컵에 물을 담아 두 개의 난초 화분과 작은 화분들 서너 개에 물을 주며 다시 허리를 곤추세웠다.

 세희의 글로 시작된 3교시는 최악이었다. 나와 마주해 오른편에 붙어 앉은 한나와 소영이 가장 왼편에 앉은 세희에게 알 수 없는 적대감을 드러냈는데 중간에 끼인 현주가 균형을 잡으려 애쓰다 보니 꼿꼿하고 바르던 현주 몸이 세희 쪽으로 자꾸만 기울었다. 나의 시선도 교묘하게 방해를 받는 왼편의 아이들로 향해 있었다. 도시락이 배달되어서야 나는 오른편으로도 눈을 돌려서 몸의 균형을 잡았다. 다른 교실에서 시 수업을 받던 경신이 진로실로 들어왔다. 경신이 등장하자 크게 벌어졌던 여학생 사이가 순식간에 봉합됐다. 놀라운 일이었다.

도시락은 학생들에게만 지원이 돼요. 학생들에게 도시락을 나눠준 허 선생이 작은 소리로 나에게 일러줬다. 아이들에게는 도시락을 잘 먹고, 히터 끄고, 문 닫고, 쓰레기 잘 버리고 가라고 일러준 뒤 나를 데리고 학교를 빠져나왔다.

"경 작가, 어땠어요? 우리 아이들이 참 착하죠?"

"네…. 애들이 다 키도 크고 이쁘더군요." 넓게 둑을 쌓은 보를 가로지르는 높은 다리를 지나며 내가 말했다. "그런데 이 겨울에 한나가 반바지를 입고 와서 좀 놀랐어요." 내 말을 듣던 허 선생이 "한나네는 아직 아궁이 불을 때는 집에 사는 것 같아요. 겨울에 웬 반바지냐고 나도 물어봤어요. 집에 긴 바지가 없대요." 했다.

"네? 바지가 없대요?" 되묻자 "바지가 없대요." 선생이 말했다. 나는 입을 다물었다. 걱정에 잠긴 것처럼 보였기를 바랐다. 어떤 정보가 나에게 씌운 선입견이 벌써 작동하고 있다는 걸 알아챘기 때문이었다. 처음 보는 사람들을 만날 때 나는 어떤 자세를 취할지 몰라 늘 두렵다. 내 두려움을 아는 이들은 사전에 정보를 주어 나를 돕고자 하지만 그

건 더 나를 불편하게 한다. 나는 스스로가 겪어야 믿는 사람이다. 어떤 정보들은 나를 갈팡질팡 더 어렵게 만든다. 허 선생이 모는 차 안에서 나는 가능한 귀를 닫고 있었다. 어서 귀가하여 담배를 한 개비 피웠으면 좋겠다는 생각뿐이었다.

다음날도 나는 아침 7시에 정확히 일어났다. 눈 밑에 생겨난 다크서클과 광대 쪽에 피어난 기미를 가리기 위해 어제보다 두껍게 화장을 했다. 어제의 허기가 생각나서 사과 반쪽에 봉지 커피를 타 마시며 당분을 채웠다. 목캔디 두 개를 챙겨 주머니에 넣고 집을 나섰다. 마침 허 선생의 차가 산동네 주차장으로 올라왔다.

"피곤하지는 않나요?" 차에 오른 나를 반갑게 맞으며 허 선생이 말했다.

"벌써 익숙해진 모양이에요." 내 입에서 튀어나온 말은 거짓말은 아니었다. 첫 대면의 시간은 이미 지나갔고 공포에 가깝던 첫날의 부담감이 상당히 덜어져 있었다. 그래서였을까? 허 선생은 더는 아이들 이야기로 나를 긴장시키지 않았다.

"2월이면 나도 선생으로서의 모든 업무가 끝이 납니다. 명예퇴직이 확정되었어요."

"아, 잘 되었네요. 학교로썬 너무 아쉽겠지만 선생님에겐 반가운 일이겠지요?"

"그렇지도 않답니다. 난 경 작가처럼 어디에 매이지 않는 삶을 살아보지 못해서 시간을 어떻게 보내야 할지 걱정이 많아요. 그러니 3월부터는 나랑 많이 놀아주어요. 어디 한 군데에 매이지 않고 살아온 분들을 보면 몇 생의 삶을 살아온 내공이 느껴지더군요. 경 작가에게서도 나는 그런 느낌을 받곤 한답니다." 허 선생의 말에 "나는 허 선생님처럼 오랜 시간 하나의 일에 몰두하시는 분들에게서 그런 느낌을 받습니다." 하며 아주 진실한 눈빛으로 선생을 바라보았다. 칭찬을 받은 뒤 상대에게 똑같은 칭찬으로 되돌려줄 때마다 나는 스스로의 말이 의심되곤 해서 겉치레가 안 되도록 주의했다.

"내 차에 경 작가를 태우고 출근하는 이 시간이 참 좋아요." 차에서 내리며 허 선생이 덕담으로 나를 다독였다. 나는 "선생님께 참 감사해요." 답하며 어줍은 웃음을 지었다.

딸애가 빌려준 부츠를 벗어 신발장 위에 올려두고 까만

색 슬리퍼를 내려 신고 허 선생을 따라 복도를 걸어가 2층으로 올라갔다. 벽에 진열된 아이들의 꿈들이 눈에 들어오는 걸 보니 첫날보다는 확실히 여유가 생긴 모양이었다. 내 꿈은 작가입니다. 내가 근무하는 병원이에요. 나는 일러스트레이터입니다. 나는 농부입니다. 나는 제빵사입니다. 학생들의 꿈을 지나 허 선생은 교무실로, 나는 진로실로 갈라졌다. 오늘도 진로실 안이 따뜻했다. 개수대에서 물을 받아 커피포트를 작동시켰다. 선반에서 컵 하나를 내려 봉지 커피를 붓고 물이 끓기를 기다리는 동안 창가 화분들에 물을 주었다. 창밖으로 희끗희끗 눈발이 날리기 시작했다.

아이들이 하나둘 진로실로 들어왔다. 나는 커피잔을 들고 아이들 앞에 마련된 자리로 돌아왔다. 허 선생이 쌀과자와 젤리를 학생 수만큼 나누어 놓고는 집에서 학교 사이 어디쯤을 걸어오고 있다는 한나를 픽업하러 갔다. 오늘은 경신 외에도 소영과 현주가 시 반으로 간다고 했다. 어제 나는 성과를 못 내고 있는 배드민턴부 여학생이 잘생긴 전학생에게서 어떤 위로를 받는지 생각해보고 에피소드를 만들어보라고 소영에게 숙제를 냈었다. 시 수업을 받으러 간다는 소영에게 숙제를 했는지 물어봤더니 소영이 새침하게 톡

쏘아붙였다.

"선생님, 제 주전공은 시 쓰기예요. 작년에 도에서 주최한 백일장에서 시로 상도 받았어요."

"그렇구나. 소영이는 시가 주전공이구나. 시도 잘 쓰니 산문도 잘 쓰면 더 좋지."

학생과 힘겨루기를 할 필요도 의향도 없었으니 내 말투는 부드러웠을 것이다. 오늘과 내일 최선으로 학생들과 만나겠지만 그것으로 끝인 관계였다. 쓰고 있는 소설의 캐릭터에 도움을 받아보자는 생각도 접었다. 아이들을 찬찬히 관찰하는 것은 계속되었는데 그건 다만 오랜 습관일 뿐이었다. 오늘은 경신이 마스크를 쓰고 등교했는데 어제보다 힘이 빠져있었다. 멀리 떨어져 말없이 과자를 먹다가 기침이 나면 서둘러 마스크를 올려 쓰며 아이들 눈치를 봤다.

수업을 시작해야 할 시간이었다. 여학생 하나가 진로실 문을 열고 들어왔다. "야, 너 때문에 나도 감기에 걸렸잖아!" 경신이 기다렸다는 듯 여학생에게 분풀이를 했다. 마스크를 벗은 한나의 얼굴을 나는 바로 알아보지 못했다. 그러나 생글생글한 눈웃음을 띠고 있는 여학생이 한나인 걸 금방 알아차렸는데 바로 그 눈 때문이었다. 쌍꺼풀이 짙은 동그란 한나의 눈은 뭐랄까, 제 감정을 드러내는 무기였다. 이 아이의 눈을 본다면 화가 났는지 신이 났는지 누구라도 금방 알 수 있으리라.

어쩐 일인지 신이 난 한나는 오늘도 반바지 차림이었고 소설 대신 동화 두 편을 낸 민주는 오늘도 결석이었다. 스키 캠프에서 옮은 감기가 더 심해졌다고 누군가 말했다. 내일은 민주가 꼭 왔으면 좋겠다며 허 선생이 현주와 소영, 경신을 이끌고 진로실을 나갔다. 오늘 소설 수업엔 학생이 단 둘뿐이었다.

세희가 자리 잡고 앉은 자리에서 책상 하나를 건너뛴 자리에 한나가 나란히 앉았다. 어제 수업을 마치기 전, 내일부터는 개별 지도를 하겠다고 미리 말해 놓았으므로 나는 두 학생 사이를 오가며 아이들 소설의 위기와 절정 파트를 봐주면 되었다. 개별 지도는 힘이 덜 들었다. 글을 봐 줄 아이들이 둘로 줄어서일 터였다.

위기와 절정을 잘 정돈한 세희는 도입부를 새로 쓰고 있었다. 번아웃 증후군에 시달리는 연극배우의 심리를 촘촘히 따라가는 글이었는데 위기와 절정, 결말에 비해 도입부가 좀 엉성했다. 하나를 주문하면 이어서 그 이후의 상황도

고려할 줄 아는 걸 보면 세희는 습작 이력이 꽤 있는 학생으로 보였다. 겉으로 보기엔 한나의 글이 술술 풀려나가는 것처럼 보일 수 있었지만 실은 그 반대였다. 한나의 글은 그저 문장을 다시 고쳐 쓰는 정도에서 마무리가 될 거였다. 작가가 되겠다는 한나의 꿈을 꺾지 않으려 나는 그 정도에서 나와 타협을 본 거였다. 작가가 될 수도 있겠다 싶었던 아이는 세희였다. 세희는 혼자서 제 글을 이리저리 수정할 능력을 지니고 있었다.

"세희야, 이거 먹으면서 해라." 한나가 결석한 민주 몫으로 놓여있던 쌀과자를 세희에게 건네주었다. 세희는 자기가 좋아하지 않는 과자라며 친구가 무안하지 않게 거절했다. 쌀과자는 한나의 입으로 들어갔다. "그럼, 이거라도 먹어봐." 한나가 이번엔 젤리를 권했다. 자기는 정말로 젤리란 걸 좋아하지 않는다고 세희가 또 거절했다. 젤리도 한나의 입으로 들어갔다. 둘만 남게 되자 한나가 세희에게 드러내던 적개심 같은 것이 감쪽같이 사라지고 없었다. 그 와중에 나에겐 아주 천박한 생각 하나가 떠올랐다. 한나가 과자와 젤리를 먹기 위해 세희를 이용하는 건 아닐까, 하는 생각이었다. 어쨌거나 둘째 날의 나는 대체로 여유로웠다. 첫째

날만큼 허기도 크게 오지 않았다. 시간마다 봉지 커피로 당분을 보충한 것이 도움이 되는 모양이었다.

두 학생 모두 조용히 자기 글을 수정하고 있던 3교시 중간쯤이었다.

"선생님, 저는 내일 수업에 못 와요. 내일 가족들과 오사카를 가거든요."

세희가 이제 생각났다는 듯이 말했다.

"가족 여행을 가는 거야?" 물으며 나는 슬쩍 한나의 눈치를 살폈다. 한나는 열심히 제 글을 수정하느라 고개를 숙이고 있어서 그 애의 표정을 볼 수는 없었다.

"내일 오전 여덟 시 비행기를 타야 해서 오늘 서울에 사는 이모네에서 자고 내일 아침 일찍 인천공항엘 갈 거예요." 하며 세희가 처음으로 웃었다. 시내에서 등하교를 한다는 세희는 차도녀가 컨셉인 걸까? 그래서 잘 웃지 않는 걸까?

"세희야, 이번, 네 글의 배경이 한국이 아니더라. 우리나라가 아닌 낯선 곳을 배경 삼아 쓰는 게 재미있는 것 같았어. 그러니?"

"네."

"그렇구나. 오사카 여행에서도 좋은 장소들을 만나면 좋겠다. 재밌게 잘 다녀오렴." 하며 나는 고개를 숙이고 제 글을 열심히 고치고 있는 한나를 또 힐끔댔다. 저를 보는 내 낌새를 알았는지 그때 한나가 고개를 들어 나를 쏘아봤는데, 나는 그 알 수 없는 적의에 오소소 소름이 돋았다. 어제 노트북을 책상 위에 내놓고 글을 수정하는 세희에게 "노트북에 당연히 한글 프로그램이 깔려있겠지?" 물었을 때, 한나가 바로 저 눈빛으로 나를 쏘아봤었다. 아이들이 휴대폰 메모장에다 글을 쓴다는 허 선생의 말이 생각나서 노트북을 켠 세희에게 물었던 건데 한나에게는 아주 불쾌한 자극이 된 모양이었다.

이 수업이 시작되기 사나흘 전쯤 허 선생이 아이들 글을 카톡으로 보내와서 내가 물었다.

─요즘 아이들은 어디에다 글을 쓰나요? 노트에 쓰나요? 아니면 한글을 이용하나요?

─요즘 아이들은 휴대폰 메모장에다 글을 써요. 한글 프로그램을 이용하는 학생은 거의 없어요.

그렇군요, 대답했지만 휴대폰 메모장에 쓰이는 산문을 나는 상상할 수가 없었다.

나를 쏘아보던 한나가 다시 퇴고에 열중하는 듯 보였지만 한나와 내가 자꾸만 어긋나고 있는 것은 분명했다.

정오 무렵, 젊은 남자 선생님이 조심스럽게 진로실 문을 열었다. 수업을 방해해서 미안하다는 사과와 함께 그가 교실 입구 빈자리에 수줍게 놓고 간 건 샌드위치였다. 식빵 두 개를 포개어 반으로 가른 샌드위치 하나를 세희에게 주었더니, 세희는 그것마저도 거절했다. 그걸 한나에게 주었더니 순식간에 잡수시고는 아직 열지 않은 샌드위치에까지 눈독을 들였다. "이제 곧 도시락이 올 텐데 괜찮겠니?" 나는 나머지 한 조각도 한나에게 건네주고는 쿠킹호일을 아직 벗기지 않은 샌드위치를 챙겨 내 자리로 왔다. 식탐이 많은 아이에게도 거식에 가까운 모습을 보이는 아이에게도 12시 20분이 되자 정확히 도시락이 배달되었다. 그것은 하루치 수업이 끝났다는 표시였고 나에게도 급격히 허기가 몰려왔다.

허 선생은 오늘도 아이들에게 뒷정리를 맡기고 서둘러 학교를 빠져나왔다. 차가 보를 가로지른 높은 다리에 접어들었을 쿠킹호일을 벗겨 샌드위치 한 조각을 허 선생에게 권했다. 허 선생이 "어머, 맛있겠다, 샌드위치를 싸 왔군요?" 해서 내가 해명을 했다. "젊은 남자 선생님이 이걸 주고 가셨어요." 다른 교사와 점심을 먹으러 간다던 말까지 옮기며 내가 마련한 샌드위치가 아님을 선생에게 굳이 밝히자, "아, 수학 선생님이에요. 신혼이거든요. 와이프가 도시락을 싸준 모양이로군요." 했다. 선생이 샌드위치를 오물거리며 나에게 다시 말을 걸었다.

"선생님, 소영이 글이 아주 좋아졌어요."

"네?"

"어제 선생님이 일러준 대로 글을 고쳐 왔더라구요. 글이 훨씬 생동감이 나더군요. 그래서 아이들에게 어제 소설 수업에서 무엇을 배웠느냐고 물었겠지요?"

허 선생은 어제의 수업이 얼마나 아이들에게 도움이 되었는지 알려주려 애썼다. 그러나 나는 경작가, 라고 부르지 않고 선생님, 하는 평소와 다른 호칭에 당황해서 선생의 차분하면서도 귀에 쏙쏙 들어오던 목소리가 잘 들리지 않았다. 그렇더라도 한 문장은 기억이 났다. '선생님의 말 한마디가 아이들에겐 씨앗이 됩니다.' 차에서 내려 집으로 걸어가는 동안 나는 그 문장을 곱씹었다. 척추에 힘이 빠지고 몸이 부들부들 떨렸다. 크고 무거운 말 탓만은 아니었다. 내일

마스크를 쓰고 진로실에 나타날 주인공은 이제 나인 듯했다. 오한이 났고 두통은 더 거세졌다. 저녁 무렵엔 기침까지 심해져서 감기약을 먹고 일찍 잠자리에 누웠다.

어지러운 꿈을 꿨다. 거대한 몸을 지닌 누군가에게 내내 쫓기던 꿈에서 깨어보니 벌써 날이 밝아 있었다. 세상이 온통 눈 천지였다.
"오늘은 토요일이어서 학교엔 우리 외에 아무도 나오지 않는답니다." 하며 선생은 우리가 아이들보다 먼저 도착해 문을 열고 히터를 켜야 한다며 성마르게 차를 몰았다. 넓은 보 위에 놓인 높은 다리를 건너온 선생이 "오늘이 마지막이네요. 시간이 금방 가죠?" 하며 학교 쪽이 아닌 반대쪽으로 핸들을 꺾었다. "한나를 데리러 가기로 했어요." 했는데 한나라는 이름을 듣자 감기에 맞서 싸우느라 몽롱했던 정신에 딸각, 불이 들어왔다. 내비게이션의 안내도 소용없이 선생이 두 차례나 길을 잃었다. 우리는 학교에서부터 다시 길을 찾아가기로 했다. 반 시간 뒤면 수업이 시작될 터여서 나는 차에서 내려 학교에 있겠다고 했다. 그러나 허 선생이 깜짝 놀라며 만류했다.

"혼자 학교에 남겠다고요? 학교에 혼자 있으면 무서워요. 나랑 같이 다녀와요."

"학교가 무서워요?" 하는 물음에, 그럼요, 무서워요, 하며 선생은 내비게이션을 껐다. 어제 자신이 갔던 길이니 몸으로 되짚어가겠노라 말했다. 눈 덮힌 겨울 풍경 앞에서 나는 호기심보다 걱정이 앞섰다. 창고와 농장과 비닐하우스, 눈을 이고 서 있는 나무들조차 낯설었다. 여유로운 감상이 들어올 자리가 없었다.

"여기가 소영이네 오이농장이에요. 여기를 지나서 오른쪽으로 가면, 저기 보이지요? 작골, 작은 작골, 저 이정표를 따라가야 해요."

길이 좁아져 나는 바짝 긴장을 했다. 허 선생이 부디 차를 천천히 몰기를 바랐다.

"작골이 무슨 뜻일까요?"

"글쎄요, 작은 골짜기란 뜻 아닐까요?"

나는 선생의 대답에 깜짝 놀랐다. 작골이란 지명이 작은 골짜기란 뜻일까? 자동판매기를 자판기로 줄이듯 작은 골짜기를 작골로 줄여 부르는 말은 아니지 싶었다. 맘 바쁜 이에게 괜한 질문이었구나, 싶었다. 까치골이 아닐까요? 그

골짜기의 한나 165

정도 대답을 기대했던 걸까? 하지만 그런 게 다 무슨 소용일까? 미리 말하자면 우리는 작골 마을회관 앞에서 우리를 기다리고 있다는 한나를 데려오지 못했다. 허 선생은 정말이지 길치였다. 막바지 어느 지점에서 틀림없이 다른 길로 빠져서 나를 적지 않게 당황스럽게 만들었다. 게다가 이미 등교한 아이들이 현관 밖에서 추위에 떨고 있대서 선생은 학교로 차를 돌려야 했다.

"한나야, 너희 동네 근처인 것 같은데 도저히 마을회관을 못 찾겠어. 등교한 애들이 밖에서 떨고 있대. 그러니까 한나야, 미안한데, 그냥 걸어와야겠어." 허 선생의 그 말이 나에겐 그렇게 냉정해 보일 수 없었다. 현관문이 닫혀 있어 실내로 들어가지 못해 떨고 있는 아이들과 마을회관 앞에서 떨고 있는 아이 모두를 구할 수는 없는 상황이었지만, 그러니 더 많은 수의 학생을 먼저 구해야 한다는 선생의 공리주의적 판단을 나무랄 순 없었지만 야멸차다는 느낌을 지울 수 없었다.

현관문을 따 아이들을 들여보내고 뒤따라 실내로 들어오려는 허 선생에게 "제가 아이들과 함께 있을게요. 선생님, 한나를 데려와 주세요." 정중히 부탁했다. "아, 오늘 선생님이 지도할 학생은 한나뿐이로군요. 민주는 감기가 더 심해졌대요." 하며 허 선생이 차로 걸음을 돌렸다. 다행스럽게도 소영이가 한나의 집을 안다고 해서 허 선생과 동행했다.

경신과 현주와 나는 진로실에서 아직 등교하지 않은 동무들을 기다렸다. 현주가 히터를 틀었고 이곳의 다정한 주인으로서 수업에 필요한 준비를 도왔다. 경신은 첫날의 생기를 완전히 잃고서는 병 깊은 노인처럼 굴었다. 한나에게서 감기를 옮았다고 투덜대며 연신 기침을 했다. 콜록대는 환자 둘에게 현주가 유자차를 타왔다. 소녀의 가녀린 손목이 눈부셨다. 이 아이는 어째서 이렇게 찬찬한 마음 씀씀이를 지니고 있는 걸까? 좋은 어른들이 곁에 있는 모양이로구나. 귀함을 받고 자란 소녀로구나. 내가 현주라는 이름의 소녀를 찬찬히 살피는 사이 허 선생과 소영이 무사히 한나를 픽업해왔다. 그동안 내가 현주에 대해 알아낸 것이라고는 시 외곽의 작은 아파트에 산다는 것뿐인데. 현주의 별명이 얼음 속의 불꽃이라는 정보는 누가 주었지? 그게 무슨 뜻일까? 현주가 퍽 궁금해졌으나 민주는 오늘도 결석이라고 말하며 허 선생이 현주를 데리고 다른 반으로 갔다. 경신과 소영도 선생을 따라 진로실을 나갔다. 오늘은 세희도 없이 오로지 한나와 내가 세 시간을 잘 만나야 하는 날인 것이다. 이미 한나의 글은 다 고쳐졌는데 오늘은 뭘 하며 시간을 보내지? 민주가 낸 동화 두 편으로 동화 쓰기 공부를 해볼까? 한나에게 더 이로운 게 뭘까?

  1교시. 나는 한나에게 집에서 학교까지 걸어오는 길을 묘사하라고 과제를 주었다. 오늘도 반바지 차림인 한나는 열심히 노트에다 글을 적어 나갔다. 우리 집은 마을의 제일 끝 집이다. 한나의 글은 그렇게 시작되었다. 아침의 경험으로 보건대 한나네 마을은 학교에서 아주 먼 곳은 아니었는데도 외진 느낌이 많이 드는 곳이었다. 허 선생의 차를 타고 지나가며 바위가 잘린 오르막을 넘기도 했고 제법 가파른 재를 넘기도 했다. 들이 나온다 싶으면 어김없이 공장처럼 보이는 농장들과 우사가 나타났다. 한나의 글로 미루어 보건대 평평한 들은 논농사나 밭농사를 위한 곳이 아니었다. 마을 사람들은 주로 축산업에 종사하는 모양이었다. 돼지 농장과 우사가 점령한 들을 지나면 민가가 모여 사는 골짜기가 나오는데 그 골짜기 가장 윗집에 한나가 사는 모양이었다. 아궁이 불을 때고 사는 집이라던 허 선생의 말 탓인지 나는 한나네 마을을 70년대 산골 오지쯤으로 상상하고 있었다. 아버지는 아파서 일을 쉬고 있고 엄마는 도망을 갔고 할머니는 독감으로 응급실로 실려갔고 늙은 할아버지가 돈을 벌어야 하는, 중학교 입학을 앞둔 남동생이 있는 가난한 집의 장녀. 나는 그렇게 한나를 이해했다.

2교시에도 한나는 아직 학교에 도착하지 못했다. 풍경을 그리라고 했건만 소영이네 오이 농장에 들어간 한나는 이 사람 저 사람과 수다 삼매경에 빠져 하우스 밖으로 나오지 않았다. 나는 묘사 연습 과제가 완전히 실패했음을 깨달았고 한나가 농장의 모든 사람들과 충분히 이야기하도록 놔두었다. 삐비빅, 삐비빅. 한나의 휴대폰에서 알람 소리가 났고 그제야 한나가 소영이네 비닐하우스를 터덜터덜 걸어 나왔다. 2교시는 그렇게 끝이 났다.

3교시. 나는 한나의 요망한 페이스에 말려들었고 글쓰기 연습이 아예 중단되고 말았다. 한나는 나를 제 대화 파트너로 삼았는데 감기만 아니었다면 나는 정말로 즐겁게 그 애와 많은 이야기를 나눴을 거였다.

"선생님, 데미안 읽어보셨어요?"

"그럼, 읽어봤지."

쿨럭. 쿨럭.

"선생님, 다자이 오사무란 작가를 아세요?"

"내가 참 좋아하는 작가란다. 한나가 책을 많이 읽는구나."

쿨럭. 쿨럭. 큼. 큼.

"책 읽기를 진짜 좋아하긴 해요. 그런데 앞부분만 읽고 말아요. 나는 갈등이 싫어요. 그래서 책의 나머지 내용은 다른 사람이 요약해 놓은 것으로 파악해요."

아, 그래서 무수한 도입만 있는 글을 쓰는구나, 너는. 쿨럭, 쿨럭.

"선생님, 베트남 가보셨어요?"

"세 번이나 가봤단다."

쿨럭. 큼, 큼.

"전 이번에 처음 가봐요. 동생이랑, 엄마랑."

한나가 무슨 말인가 더 하려다가 입을 다물었다. 기침이 터져 나와서 나는 따뜻한 물 한잔을 마셨다. 마스크를 다시 쓰고는 한나에게 물었다.

"한나야, 한나란 이름이 무슨 뜻이야?"

"성경에 나오는 이름이래요. 사무엘의 엄마 이름이라는데요, 뭐, 훌륭한 사람이겠지요. 우리 집이 기독교를 믿거든요. 우리 마을에 교회가 있어요. 뭐, 열심히 믿는 건 아닌데 아무튼 아빠며 할머니며 교회에 나가는 사람이긴 해요."

"동생도 너처럼 기독교식 이름이니?"

"아니에요. 걔 이름은 경수에요." 하며 가족 얘긴 하기 싫단 듯이 "선생님," 하며 다른 데로 화제를 돌렸다.

"선생님, 몬스타엑스란 아이돌을 아세요?" 나는 고개를 가로저었다. "몬스타엑스를 생각하면 난 기분이 진짜 좋아져요. 세상에서 내가 가장 좋아하는 일이 몬스타엑스의 민혁일 생각하는 거거든요. 잠깐만요," 하면서 한나가 휴대폰을 나에게 내밀었는데 짧은 머리의 남자가 나를 바라보고 있었다. 불행히도 나에겐 별다른 느낌이 들지 않았지만 한나의 요망한 눈은 반짝반짝 빛을 내고 있었다.

"민혁인 지금 군대에 있는데 올해 10월 5일에 제대해요."

"와, 그런 것도 다 아는구나. 군대에 있는 거면 너무 멀리 있는데?"

"아니에요. 요기 계룡에 있어요."

"어머, 정말로? 여기서 가까운 곳에 있네?"

"아마 고생이 많을 거예요. 늦은 나이에 입대했거든요."

"나이가 몇인데?"

"서른하나요."

"어머, 정말 나이가 많구나. 한나와는 열여섯 살 차이가 나네?"

"괜찮아요. 나는 위로 스무 살, 아래로 스무 살까지는 오케이에요."

한나는 내내 행복해 했고 수줍어 했고 그 요망한 눈빛으로 민혁을 꼬시듯 나를 바라보곤 했다.

푹푹 내리는 눈을 뚫고 12시 20분에 어김없이 도시락이 배달되었다. 이제 이곳에서의 내 일은 큰 실수 없이, 완전히 끝났다. 눈이 쏟아지자 학부모들이 아이들을 데리러 왔다. 경신이 아버지가 가장 먼저 왔고, 소영이 아버지, 그리고 현주 어머니가 차례로 아이들을 데리러 왔다. 제 몫의 도시락을 손목에 건 채 현주가, 얼음 속의 불꽃이라는 현주가, 어른스럽게 나를 안아주고는 떠났다. 허 선생이 중앙현관의 문을 잠갔고, 나와 한나는 허 선생의 차에 올랐다. 우리는 다시 한나네 집을 향했다. 소영이네 오이농장을 지나자 작골, 작은 작골 이정표가 어김없이 나타났다.

"한나야, 작골이 무슨 뜻이야?" 허 선생의 눈치를 보며 내가 뒷좌석으로 고개를 돌려 한나에게 물었다.

"골짜기란 뜻 아닐까요? 산골짝 할 때, 그 골짝을 앞뒤를 바꿔, 짝골, 짝골 부르다가 작골이 된 게 아닐까요?"

허 선생은 한나의 대답을 듣지 못한 듯 "뭐라고 한나야?" 되물었고 나는 한나의 답이 허 선생의 답보다는 더 그럴듯하다고 여겨졌다. 한나는 국어 선생님의 질문을 듣지 못했다는 양 무시했다.

가파른 고개를 넘자 공장 같은 농장이 나타났다. 한나가 입을 열었다. "여기가 제가 아까 말한 돼지농장이에요. 여기를 지날 때는 늘 숨을 참아야 해요. 냄새가 아주 지독하거든요." 한나가 코를 찡그리며 말했다. 나는 조수석에 앉은 자의 예의를 저버리고 어느새 뒷좌석 한나에게 몸이 기울어져 있었.

"여기서 우리가 저리로도 가봤고 이리로도 가봤는데 너희 동네를 못 찾고 말았지 뭐니." 두 갈래 길에서 허 선생이 브레이크를 밟았지만 눈길이어서 제동이 어려웠다. 우리가 눈이 푹푹 내리는 저 길을 접어들어야 할까? 나는 이쯤에서 허 선생이 한나를 내려주고 차를 돌려 나를 어서 집으로 데

골짜기의 한나   173

려다주기를 바랐지만 허 선생은 한나를 집 앞까지 데려다줄 모양이었다.

"오른쪽으로 가시면 돼요." 한나가 길을 안내했다. 오른쪽 길 끝에서 허 선생이 다시 차를 멈추며 말했다. "경 작가, 우리 여기까지는 왔었잖아요, 맞죠?" 나는 그러게요, 겁먹은 소리를 냈는데, 잔뜩 겁먹은 눈에 우뚝 선 우사 두 동이 보였다.

"한나야, 이 우사가 아까 네가 말한 인싸처럼 서 있다는 너희 우사야?"

"네, 다 낮은데 우리 우사만 우뚝 솟아 있잖아요. 완전 인싸죠, 우리 우사가." 한나의 어깨가 으쓱거렸다.

"어머, 저 안에 소가 있네. 몇 마리나 있는 거니?" 허 선생이 한나를 돌아보며 물어서 나는 오금이 저렸다. 허 선생님, 앞만 봐주세요, 하는 소리가 새어 나갈까 봐, 한 손으로 입을 틀어막았다.

"우사 하나에 소가 오십 두쯤 있을 거예요. 여기는 두 동이니까, 백 마리쯤 있겠죠? 여기 말고도 우리집 뒷산 너머에도 우리 우사 세 개가 더 있어요."

"거기도 소가 있어?" 내가 물었다.

"네. 거기도 여기만큼 있어요."

"어머나, 한나네가 아주 부자구나."

허 선생이 눈이 동그래져서 나를 바라보더니 더 좁은 길로 들어서려다가 "더는 못가겠다. 여기 아니면 차를 못 돌릴 것 같은데?" 하며 마을 입구에서 차를 멈췄다.

"괜찮아요. 여기서 차를 돌리세요."

한나가 차에서 내리며 쿵 하고 문을 닫았다. 잘 가, 하는 내 인사가 반으로 끊겼다. 골짜기 저 끝에 있다는 한나네 집은 세찬 눈에 가려 보이지 않았다. 반바지를 입고 눈길을 걸어가는 한나는 어딘가 모르게 화가 난 것 같았다. 눈발이 더욱 거세져서 허 선생은 엉금엉금 기다시피 굽은 길을 헤쳐 나왔다. 큰 도로에 차가 들어서서야 우리는 안심이 되었다. 넓은 보를 가로지르는 높은 다리 위에서 선생이 중얼거렸다.

"소가 이백 마리가 넘는구나. 한나네가 아주 부자네요."

"소가 이백 마리가 있든 삼백 마리가 있든 세상의 소녀들은 다 아깝지요."

며칠 전에 딸애가 나에게 들려줬던 말이 나도 모르게 툭 튀어나왔다. 한나보다 딱 열 살이 위인 딸애는 학부과정을 마치고 집에 내려와 있었다. 새해 첫날 저녁, 딸애가 눈물을 그렁대며 나에게 말을 걸어왔을 때 나는 일본에서 큰 지진이 났다는 뉴스를 보고 있었다.

"엄마, 세상의 모든 소녀들이 아까워. 태어난 이상 소녀들은 늘 아까운 것 같아."

나는 딸애를 보며 눈만 껌벅대다가 지진으로 목숨을 잃은 소녀가 있는 모양이라고 짐작했을 뿐, 딸애의 말을 금세 완전히 잊고 있었다. 그런데 갑자기 딸애의 그 말이 내 입에서 튀어나왔던 것이다.

허 선생은 전화를 받느라 내 말을 못 들은 것 같았다. 선생이 짧지 않은 통화를 마쳤고 차는 시내로 들어섰다. 나는 선생에게 편의점 앞에 내려달라고 부탁했다. 길이 미끄러워 차가 비탈을 올라가는 것이 무리였고 무엇보다 편의점엘 들러 담배 한 갑을 사야 했기 때문이었다.

왜라고 따지는 건 아무 소용이 없어. 굳이 어떤 이유가 있어서 아까운 게 아니라 아무런 이유가 없어도 아까운 존재, 그게 소녀들이야. 딸애는 그저 그렇게 말했다. 발이 푹푹 빠지는 비탈을 오르는 내내 어딘가 모르게 화가 난 것 같았던 한나의 뒷모습이 자꾸만 눈에 밟혔다. 오래전에 소녀를 지나온 비둔한 몸에서 헉헉 가쁜 숨이 터져 나왔다.

소녀들 쪽으로

"보미야, 엄마 왔다."

현관을 열고 부츠를 벗으며 나는 딸애를 찾았다. 이 방 저 방 문을 열어봐도 딸애가 보이지 않는다. 집 안 어디에도 딸애의 기척이 없다.

"보미야, 봄아!"

나는 무서운 마음이 든다. 딸애에게 전화를 걸어보지만 받지 않는다. 전화를 다시 걸며 쫑긋 귀를 세워 소리에 집중한다. 우리들 흡연방 쪽에서 미세한 진동이 감지된다. 다급하게 창틀에 놓인 휴대폰을 집어드는데 창밖 고목 아래를 지나오는 보미가 보인다.

"야, 봄, 너 왜 거기 있어?"

"어, 엄마 왔구나."

"아니, 왜 거기에 나가 있냐고?"

놀람과 반가움으로 목소리가 커진다.

"이 아래 너구리가 있었는데 와 보니 사라졌네. 털이 죄 벗겨졌더라고. 심각한 피부병에 걸린 것 같던데, 어디로 갔지? 야생동물구조대는 여기서 한 시간 반이나 멀어서 구조 전화도 소용없을 것 같아서 나와본 거야. 그런데 그새 이 녀석이 사라졌어. 털도 없이 엄청 추울 텐데. 어쩌지, 엄마?"

"그랬구나. 네가 안 보여서 놀랐잖니. 근데 너 신발은 그게 뭐야? 양말도 안 신고 슬리퍼 차림이네. 동상 걸리겠다, 빨리 들어와."

숲에서 나온 딸애는 그새 꽁꽁 얼어있었다. 뜨거운 물을 받아 손과 발을 씻고 나온 딸애에게 뜨거운 차 한 잔을 내어 주며 가엾은 너구리 때문에 또 질문할 기회를 놓치는가 싶어진 나는 다짜고짜로 얘기를 꺼냈다.

"보미야, 일전에 네가 '모든 소녀가 아깝다. 태어난 이상 소녀들은 아까운 존재다.' 이렇게 말한 거 기억나니?"

"기억하지."

"그게 무슨 말인지 오늘은 꼭 물어보자 싶어서 말이야."

"학교에서 무슨 일 있던 건 아니지? 캠프는 다 끝난 거지?"

"응. 캠프는 잘 끝났어. 무슨 일이 있다면 있고 아무 일도 없다면 또 없고. 한 소녀랑 사흘을 지내다 보니 그 소녀에 대해 정보가 생기고 마음이 생기고 뭐 그랬지."

"소녀 누구?"

"아이참, 있어."

바깥 활동을 전혀 하지 않던 제 엄마가 사흘짜리였지만 글쓰기 캠프 강사를 맡게 되자 늦잠꾸러기 딸애가 일찍 일어나 가벼운 아침을 준비했다. 사흘 내내 토스트와 우유가 아침이었어도 나는 딸애의 응원 덕에 무사히 캠프를 마칠 수 있었다는 걸 잘 안다.

"보미야, 네가 소녀들이 아깝다고 그랬잖아. 왜 소녀들이 아깝다고 한 거야? 나, 좀 급하게 그 얘길 듣고 싶은데."

"음, 엄마가 급하다니까, 나도 덩달아 급해지는데? 우선, 이렇게 말해볼게. 일단 내가 말하는 소녀는 10세에서부터 34세까지의 여자애들을 말하는 거야. 왜 그 나이대를 특정했는가 하는 얘긴 나중에 해줄게. 지금은 소녀들이 어째서

소녀들 쪽으로

아까운가? 엄마가 궁금해하는 것이 그거니까. 왜 그 나이대의 모든 여자애들이 아깝냐면."

 스물다섯 살, 제 말대로라면 15년을 소녀로 지내왔고 앞으로 9년을 더 소녀로 지내게 될 딸애가 담배 연기를 길게 내뿜으며 잠시 말을 멈췄다가 톡톡 재를 떨며 말을 이었다.

 "남자애들의 운명, 아니, 뭐, 사명이라고 말해도 되겠지. 남자애들의 사명은 장렬하게 거리에서 흩어지는 거야. 언젠가 내가 우리가 다 아는 그 닥터헬기 남자 의사-이름은 잊었는데- 모친 되는 분의 말을 들려준 거 기억나지? 기억 안 나? '남자는 죽을 때까지 일하다가 길거리에서 파편처럼 흩어져야 한다' 던 그 할머니 인터뷰 말이야. 그 할머니 말이 참 옳아. 남자애들은 소모되고 빨려도 얼마든지 된단 말이지. 하지만 여자애들은 소모되고 빨리기엔 너무나, 훨씬, 세계야."

 "세계라고? 훨씬?"

 "엄마, 지구를 생각해 봐. 이 행성 곳곳에다 빨대를 꽂아서 쭉쭉 빨아먹으니까 지금 어때? 망해가고 있잖아. 지구를 이렇게 소모시키면 인간의 삶도 없게 되잖아? 세계란 이를테면 그런 의미야.

소녀들은 유리구슬 같은 존재야. 그 빛이 엄청나지. 뭐든 다 아름답게 흡수할 수 있는 존재들이란 말이지. 여자애들은 아무것도 안 하고 그저 서 있기만 해도 예뻐. 가만히 서 있는 모습만 봐도 엄청난 자연의 풍경을 보듯, 대단한 예술 작품을 보듯 눈물이 차오르잖아. 어떤 여자애도 다 그래. 심지어 살인을 저질렀어도 그렇지. 아주 미스터리하지? 그 미스터리가 핵심이야. 여전히 미스터리한 힘을 보유하고 있는 유일한 존재, 그게 소녀들이란 게 내 생각이야. 그런데 문제는 소녀들이 그런 엄청난 존재란 걸 사람들이 잘 몰라. 그러니 소녀들이 다 아까울 수밖에.

엄마, 흄이 이런 말을 했어. 테이스트(taste)는 취향 혹은 기호가 아니라 감수성이라고 분명하게 말하거든. 그렇다면 감수성은 뭐야? 앞에 있는 대상을 충분히 느끼는 능력이잖아? 대체 이게 뭔가 싶어도 기꺼이 그 안으로 들어갈 수 있는 능력, 그게 감수성이란 말이지. 들어가지 않고 밖에 있으면 비판만 쌓일걸? 그 안으로 들어가야 그 존재와 감응을 할 수가 있잖아? 소녀들이 말이야, 특별히 어떤 이유가 있어서 아까운 게 아니라 아무런 이유가 없어도 아까운 존재가 되는 건 사람들이 소녀가 하나의 세계란 생각을 못 해서 그래. 왜 소녀들에 대해 충분히 느끼려고 하지 않지?"

"딸아, 어쩌지? 엄마가 네 말을 잘 따라갈 수가 없네. 제기랄, 나, 이 말 하기 정말 싫은데, 좀 어렵네. 어렵다는 말은 이해하고 공감하려고 노력하지 않는 태도에서 나오는 말이라고 종종 거품까지 물며 그 말을 하는 사람들을 성토했지만, 솔직히 이번엔 내가 써야할 판이야. 네 말이 지금 엄마에게는 좀 어려워."

"괜찮아, 엄마. 늙으면 모든 기능이 떨어지기 마련이지. 누구는 열 살, 누구는 열다섯, 누구는 스물. 이런 식으로 종종 엄마가 친구들을 얘기하잖아? 때때로 엄마는 아줌마가 된 친구들에게서 소녀들을 찾으려고 하지. 그건 참 훌륭한 자세라고 생각해, 나는."

아니, 그런 얘기 말고. 딸아, 나는 지금 네 말을 따라갈 수가 없단다.

여자애들이 남자애들보다 훨씬 더 세계라는 딸애의 말을 이 애보다 31년을 더 살았어도 나는 정확히 이해하지 못한다. 어떻게든 이해해 보려고 나는 딸애에게 캠프에서 만난 한 소녀를 세세하게 들려준다. 어딘가 모르게 화가 난 것 같았던 그 애의 뒷모습을 열심히 설명한다. 소녀는 세계고, 소녀는 언제나 아깝다는 알쏭달쏭한 딸애의 말을 따라가 보려고 열심히 한 소녀를 끌어들여 보지만 보미에게선 이런 핀잔이 날아온다.

"어허, 엄마는 미스터리를 또 잘못 이해했군. 게다가 연민으로 그렇게 쉽게 넘어가면 안 되는데."

나는 멋쩍게 웃으며 변명한다.

"보미야, 네 말대로라면 엄마는 22년 전에 이미 미스터리를 보유할 수 없는 존재로 타락했잖아. 세계가 닫혀버렸어. 엄마도 착실히 소녀를 거쳐왔으니까 반쯤은 열려 있어도 좋으련만."

울상인 나를 보며 보미가 활짝 웃는다.

"괜찮아. 엄마. 미스터리가 사라진 아줌마 중에선 엄마가 최고로 좋은 아줌마라는 건 분명해. 좋은 아줌마들이 많아지는 게 또 중요하거든. 소녀들의 임무가 저의 미스터리를 34세까지는 어떻게 해서라도 잘 보유하는 데 있다면 아줌마들의 임무는 소녀들이 미스터리를 잘 보유하도록 간섭하지 않는 데 있거든. 좋은 아줌마는 소녀의 미스터리에 간섭하지 않지. 도와준답시고 소녀의 미스터리를 수시로 침범하는 간섭쟁이 아줌마들이 이 나라엔 너무 많아. 엄마도 그

건 알잖아? 그래서 엄마가 사람을 피해 자꾸만 산골로, 오지로 들어가려는 거 아닌가?"

"산골 오지는 무슨. 이 오두막이면 족해. 그런데 말이야, 소녀들의 나이를 왜 10세에서 34세까지로 못 박은 거야?"

뜻 모를 커다란 웃음을 터트리더니 보미가 자리에서 일어난다.

"그건 지극히 개인적인 기준인데, 그 얘긴 점심을 먹고 해봅시다. 엄마도 밥 안 먹었지?"

점심을 차리겠다고 보미가 방을 나선다. 겨울바람이 갈고리 같은 손으로 모녀의 대화를 낚아채 간다. 휘이-잉, 휘이-잉. 창으로 들어오는 바람이 매섭다. 중년의 여자가 의자 등받이에서 카디건을 내려 걸치고 담배 한 대를 빼물며 한 뼘 더 창을 연다. 사십 살 먹은 낡은 집, 숲 쪽으로 난 허름한 창으로 호기심 가득한 눈발 몇 송이가 날아든다.

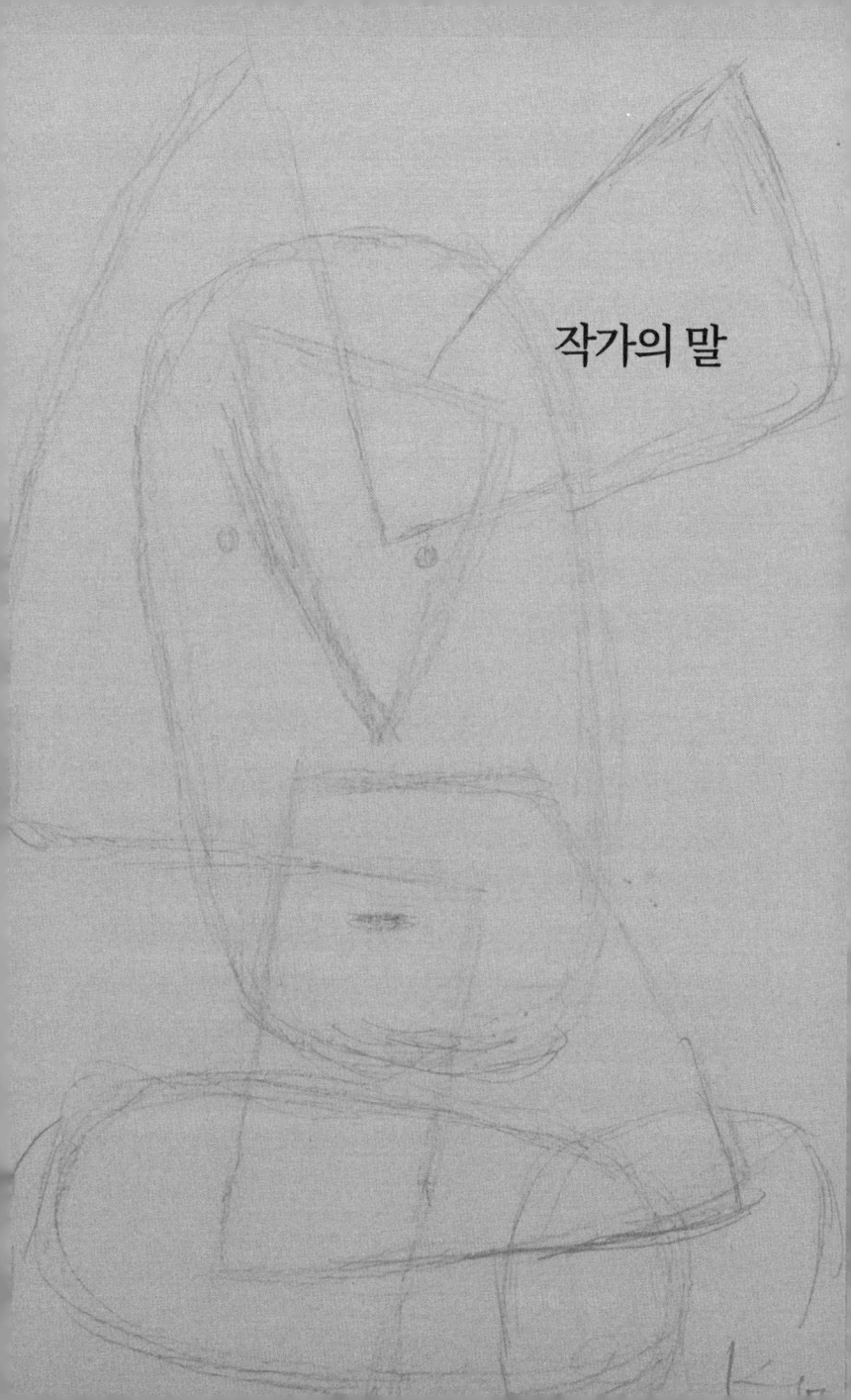

작가의 말

우리는

4월 4일

청명 날 아침에 우리는 티비 앞으로 모였다. 헌법재판소가 계엄을 일으킨 그자에게 전원일치로 탄핵을 인용했다. 우리는 벌떡 일어나 만세를 부르며 부둥켜안았다.

겨울을 지나고 완연한 봄이 되어서도 조바심이 나는 시간들이 이어졌다. 내가 그 시간을 견딜 수 있던 것은 푸르티에 신부의 편지들이었다. 번역가가 보내 준 푸르티에 신부의 서간집 교열 원고를 읽으며 꽉 막혔던 기가 조금씩 흐르는 걸 느꼈다. 조선에 밀입국해 선교하다 순교한 프랑스 사람 푸르티에 신부와, 신부의 편지를 번역한 이 나라 번역자가 고마웠다. 일면식도 없는 사람들이 티비에 오르내리는 사람들보다 강력해서 신부의 편지를 읽을 때면 바싹 말라 부스러질 것 같던 몸에 부드러운 물이 스며드는 것 같았다. 그 물 같은 시간 덕에 울컥울컥 치미는 분노를 삭일 수 있었다.

사월의 동고비와 박새와 그리고 비

종일토록 추적추적 비가 내린다. 나는 숲으로 나서는 대신 숲으로 난 이층 창가에 앉았다. 연두가 점점이 돋아나고 이내 분홍 복사꽃으로 물드는가 싶던 산은 이제 넓어지고 짙어진 뒷 숲의 초록에 가려 보이지 않는다. 어제는 산을 보았으나 오늘은 숲만 남았다.

어제 심은 산마늘 모종이 종일토록 물을 빨아들이느라 분주하다. 삼월 내내 틀밭에 옮겨심은 미나리, 상추, 고추, 지지대를 만들어 모종한 여주, 토마토, 저절로 떨어져 싹을 틔운 잎들깨들에게도 이 비는 단비다. 모처럼 나는 숲의 중층부인 이층 창가에서 저층부의 기꺼운 낌새들을 관망한다. 상층부를 여유있게 날아간 새는 까마귀. 높드리 고목에서 눈을 마주친 건 박새와 동고비.

저 아래에서 밭일을 할 때엔 못 봤던 꽃이 이 창가에 앉으니 선명히 드러난다. 어제는 없던(못 봤던) 으아리꽃이다. 어제는 없던 게 오늘은 있다. 사월의 자연은 이토록 숨 가쁘다. 자칫하면 놓친다. 자칫하면 포기하고 싶어진다. 천천히 둘러보고 다듬고 심고 길을 내던 즐거움을 앞지르는 초록의 생장. 하지만 제 속도를 잃으면 모든 게 일이 된다. 한순간에 엄청난 압박감으로 다가오는 것들을 가능하면 피해 살아왔으나 이 사월의 생장 앞에서는 속수무책이다. 비가 그치면 쑥쑥 자라난 풀을 뽑아야 할 텐데, 일이 아니라 놀이가 될 만큼만 자라주길.

오월의 비 내리는 창가, 참새 두 마리

우리는 지난 한 달 내내 천의 하류까지 저녁 산책을 나갔다. 천변에 사는 백로, 왜가리, 해오라기, 오리들, 직박구리, 찌르레기, 할미새, 물총새, 물떼새, 물까치, 제비, 참새, 무수한 비둘기, 까치를 만났다. 운 좋은 날엔 후투티와 원앙을 만나기도 했다. 새들만 만난 게 아니다. 산책을 나온 강아지들과 터줏대감 고양이들의 생김을 구별해 우리 멋대로 문장이, 문순이, 문수 하며 별칭도 하나씩 붙일 만큼 우리 세 식구도 하천 산책로를 구성하는 일부가 되었다. 강과 만나는 하류에서 꼬나무는 담배가 더없이 구수했다. 하여 이렇게 비가 오는 날에는 발바닥이 또 근질대는 것이다.

문제는 심각한 무릎 통증이다. 열흘 전부터 오른쪽 무릎에 통증이 오더니 그 빈도와 강도가 점점 심해져서 걷기가 두렵다. 승민과 이지의 부축을 받아야 했지만 산책을 멈추지는 않았다. 특히 계단을 오르내리거나 오르막과 내리막의 경사가 아주 약간만 있는 길이어도 먼저 두려움이 앞선다. 그런데 나의 주 생활 공간은 집에서도 이층이고, 우리집은 긴 오르막 끝에 있는 산동네 끝 집인데, 산책코스인 천은 당연하게도 구도심의 가장 낮은 지대를 흐른다. 하지만 산책을 멈출 수는 없었다. 무릎 통증을 이겨낼 만큼 천변 생태계를 이루는 것들에 마음도 눈도 다 빼앗긴 탓이다.

집 뒤에 오목하게 자리 잡은 숲(예전엔 밭이었는데 주인이 심은 나무들이 자라나 숲이 되었다. 밭 주인이 나에게 숲 관리를 맡겼는데 숲의 빈 자리들에 나는 이것저것 작물을 심었다.) 덕분에 나무와 꽃과 작물에 빠져 사월은 바삐 갔다. 오월은 탐조에 빠져 살았다. 도심을 가로지르는 작은 하천 덕에 이런 궂은날에도, 아픈 무릎에도, 발바닥이 근질거린다. 그럴수록 무릎이 아프지 않다면 얼마나 좋을지 눈물이 날 만큼 안타깝다. 어제는 결국 비싼 무릎관절 영양제를 인터넷으로 주문했다. 이 영양제로 말할 것 같으면 정임언니가 추천해 준 거였다. 우리 출판사에서 내기로 한 산문집의 필자인 그이와 출판계약을 하러 그이가 사는 산골로 들어가 점심을 먹고 나오는데 절룩거리는 날 보더니 본인도 무릎에 통증을 달고 산다며 알약 열 개를 통에 담아주는 거였다.

효과가 상당하다고 입소문이 난 뉴질랜드산 제품은 예정대로라면 열이틀이나 더 기다려야 배송이 될 것이다. 남은 정제 알약 두 알을 만지작거리며 내일에 금방 배송된다는 철갑상어 콘드로이친 한 병을 주문한 건 통증이 그만큼 두렵다는 것, 통증이 두렵지만 어김없이 저녁 산책을 나갈 거라는 것 때문이었다.

이 계절은 무엇을 마냥 기다리며 보내기엔 아깝다. 누가 '너는 어떤 계절이 좋으니?' 물을 때마다 나는 가을이라고 대답해 왔다. 그런데 이 소도시의 산동네로 이사를 오면서 내가 정말 아까워하는 계절이 봄이란 것을 알았다. 그중에서도 특히 사월과 오월의 하루하루가 너무나 아까워 눈물이 날 지경.

비 내리는 오월의 아침에 숲을 향한 이층 창가에 앉아있자니 나뭇가지를 벗어나 땅으로 내려온 참새 두 마리가 내 눈을 바닥으로 잡아끈다. 부지런히 먹이를 쪼는 녀석들을 창가에서 내려다보다가, 날아오르는 녀석들의 작은 날개에 떨어질 제법 굵은 빗방울의 무게를 걱정하다가, 녀석들이 사뿐히 올라앉은 가지 끝에 주렁주렁 매달린 매실을 발견한다. 내가 저 아래에서 잡초를 뽑고 흙을 고르고 씨앗과 모종을 심는 동안 6~7미터는 족히 넘는 매실나무는 그 가장 끝에 매실을 달아두는 일을 성실히 수행했구나. 작년엔 거의 과실을 맺지 못한 나무가 갑자기 주렁주렁 과실을 맺게 된 건 무엇의 덕일까?

피크타임

나보다 두 살 위여서 올 시월에 환갑을 맞을 승민의 기척이 난다. 전립선이 안 좋은 그가 화장실을 다녀오는 소리겠다. 그가 다시 잠에 든 모양 저쪽 실내는 다시금 고요하다. 우리 세 식구는 하루에 두 끼를 같이 해 먹고, 저녁 식사를 마치고 천변 산책을 함께하지만 24시간 한집에 산다고 늘 함께하는 건 아니다. 각자가 가장 좋아하는 시간엔 멀찌기 떨어져서 그와 그녀들의 공간을 함부로 틈입하지 않으려고 노력한다. 승민과 이지는 열 시나 되어야 일어나서 나의 시간은 아침 6시에서 10시 사이가 피크타임이다. 이 시간에 나는 최대한 여유롭게 나의 시간을 만끽한다. 텃밭을 일구거나 비 오는 풍경을 보거나 가끔은 뭔가를 끼적이기도 한다.

아침 설거지를 마친 승민이 작업실로 출근하면 저녁 식사 전까지 별일이 없으면 세 사람은 각자의 공간에서 무엇인가를 하며 보낸다. 주방이 있는 아래층을 독차지한 이지는 자기 일에 부모가 관심을 갖는 걸 아주 싫어한다. 미리 부탁하면 언제고 함께 놀아주지만 예고 없이 저의 시공간을 침범하면 화를 낸다. 그리하여 나는 아픈 무릎을 이끌고 이층으로 올라와 새소리를 듣거나 밭(숲)으로 나가 텃밭을 일구며 시간을 보낸다. 가끔 승민의 작업실에 놀러 갈 때에도 미리 전화를 건다. 이지처럼 승민도 자기의 장소를 혼자 맘껏 누리고 싶어하기 때문이다. 그리하여 나는 아침을 함께 먹고 난 뒤에 곧바로 같이 산책을 두 시간이나 할 수 있는 저녁을 또 애타게 기다린다. 저녁식사 후 천변으로 산책을 다녀온 우리는 또 각자의 장소에서 시간을 보낸다. 나는 아홉 시 무렵엔 잠자리에 든다. 그러나 부녀에겐 그 무렵부터가 그들의 피크타임이다. 승민은 다시 작업실로 간다. 이제 오롯이 이지의 구역이 된 1층엘 들어가기 위해선 부모는 반드시 전화를 해야하고 가능하다면 1층 현관문을 열지 않는 게 좋다. 부녀는 새벽 두 시쯤 잠자리에 든다지만 나는 그들이 정확히 언제 잠자리에 드는지는 모른다. 다만 언제 일어나는지는 정확히 알고 있다. 열 시 무렵, 내가 그 둘을 깨우니까. 드물게 그들이 스스로 먼저 일어나기도 하는데 그러면 나는 깜짝 놀란다. 그만큼 오랜 세월 내내 그들은 늦잠꾸러기들이다.

꾀꼬리와 창포

아이쿠야!

뼈끼리 부딪친 무릎이 시큰거린다. 걷는 건 고사하고 서 있을 수나 있을까? 두려움이 일어난다. 무릎보호대를 오래 차면 생긴다는 부작용이 나에게도 어김없이 일어났다. 연골 재생에 도움이 된다는 철갑상어에서 추출한 콘드로이친이 들어갔다는 정제 알약을 먹으면서 보호대를 빼야지 하면서도 빼지 못한 건 벌써 부작용이 생겨 보호대만 빼면 두 다리가 부들부들 떨렸기 때문이다. 뉴질랜드에서 좋은 약이 온대도 이 심리적 불안감을 치료할 수는 없을 터. 나는 오늘 아예 보호대를 차지 않기로 다짐한다.

연골 영양제는 효과가 좋았다. 통증은 확실히 완화된 듯한데 근력은 더 떨어졌나? 아무런 지령이 없어도 운동화를 신으면 두 다리는 자동기계처럼 알아서 척척 걸어가 주었는데. 그게 다시 안 되면 어쩌지? 흔들리는 척추처럼 모든 게 회의적이다. 다리와 허리를 믿을 수 없어 아래층으로 내려갈 생각을 접는다. 나는 다시 창가로 돌아와 허리를 잘 받쳐주는 의자에 엉덩이를 내려놓았다. 숲의 냄새가 싱그럽다. 새들이 우짖는다. 새 울음 중 으뜸은 역시 꾀꼬리가 우는 소리다. 낭랑한 꾀꼬리는 어느 가지에 숨었는지 보이지 않고 우물자리에 심긴 창포가 눈을 잡아끈다. 샛노란 꽃들과 눈을 맞춘 뒤 멀리 나에게만 보이는 여주와 토마토, 산마늘과 머위들의 자리를 더듬는다.

병문안

추적추적 비가 내려 길이 미끄럽다. 내 곁에서 이지가 더 조심스럽다. 승민이 심장 수술을 한 어머니 간병을 하는 요즘 이지는 날 돌봤다. 오늘 우리 모녀는 버스를 두 번 갈아타고 지하철로 다시 갈아탄 뒤에 서대전네거리에 하차했다. 이제 모든 이동에서 나는 이런 마음이 들 것이다. 배송된다는 이 느낌을 어쩌지? 길을 마주할 때마다 힘차게 솟아나던 능동성은 이제 이 포기 상태의 수동성에 자리를 내어주어야 하는구나. 대학병원 가파른 길 앞에 멈춰 선 이지가 나를 걱정스럽게 바라보며 제 어미가 한 발 떼는 것을 돕는다.

"두 현(玄) 씨가 현 씨의 엄마들 간병을 해야 하는구나."

승민이 입원준비물을 챙기며 실없는 소리를 했다.

"그러네. 우리 엄마들과 싸우지 말고 잘해보자."

간병이 뭔지 잘 몰라 여행이라도 가는 양 하는 제 아빠를 이지는 걱정스럽게 바라봤다.

한 발 떼어 옮기고 다른 발을 그 옆에 두며 평소라면 5분이면 갈 길을 서너 배의 시간을 소요하며 천천히 오른다. 두 다리가 후들거린다. 부축하는 이지의 이마에도 땀이 송글송글 맺혔다. 저 혼자 다녀와도 되지 않겠냐던 딸애 말을 들을 걸 그랬다. 예전처럼 걸을 수 없게 되자 매사에 미안한 마음이 먼저 일어난다.

찔레꽃 무더기

이틀 전까지만 해도 보이지 않던 꽃 무더기가 이 은은한 냄새의 근원이었다. 이틀 내리 비가 내려 밭엘 나가보지 못한 사이 찔레꽃 무더기가 피어났다. 오월의 이 친근한 냄새가 잠시 생활의 통증을 잊게 한다. 후박나무 옆 키 작은 앵두가 무럭무럭 성장하는 걸 더듬는 중에 명애가 메시지를 보내왔다.

–어머니 수술은 잘됐나?

니트릴 장갑을 벗어 주머니에 넣고는 답을 보낸다.

–수술 잘됐다. 잘 회복중이셔. 너는 컨디션이 어떻노?

–괜찮음. 어머니 수술 잘됐다니 다행이네.

–고맙다.

–네 무릎도 잘 챙겨.

–너도 몸 잘 챙겨.

–오냐. 여기는 비가 억수로 퍼붓는다.

나는 카메라를 켜 숲의 일부를 찍어 명애에게 보낸다.

–여기도 곧 내릴 듯. 비가 왔다 가면 여름 숲이 되겠네.

-푸르네. 쪼매 슬프다. 숲이 푸르러서.

-우리, 힘내서 잘 늙자.

-그래. 조금씩 늙어야 하는데 병이 찾아오니 걷잡을 수 없이 무력해지네.

-이제부턴 우리, 몸도 좀 살피며 살자.

명애는 웃음 표시만 남기고 더는 문자를 주지 않는다. 나는 니트릴 장갑을 다시 낀 다음 호박이며 여주의 잎들을 체크한다. 숲을 걷는다. 창포 노란 꽃송이가 대여섯 개 더 늘었다. 고추도 잘 자라고 이웃 밭의 열무도 폭풍 성장 중이다. 나는 이웃의 열무밭을 가로질러 찔레꽃 무더기가 흐드러진 비탈에 이른다. 풀이 우거져 진입할 수 없다. 아쉬워 질퍽한 땅에 오래 머문다. 다리가 후들거린다. 다시 내가 돌보는 숲으로 돌아오며 집 뒤편 아래층 창가에 무더기로 피어난 찔레꽃을 그제야 발견한다. 이 녀석들의 향기였군. 가까이에 두고도 보지 못하는 건 먼 곳에 피어난 꽃 무더기에 맘과 눈을 빼앗긴 탓. 그나저나 명애가 큰 병이 난 건 아니겠지? 이런저런 검사를 하고, 또 이런저런 검사를 더 하더니 보름 뒤에나 결과를 알 수 있다고 한다. 검사 결과를 기다릴 때의 마음은 아주 끔찍한 지옥에 있는 기분이라던 병을 다 회복한 승민 친구 병구씨의 말마따나 내 친구 명애의 기분이 어떨지는 묻지 않아도 알지만 나는 늘 그애의 기분을 묻고 그애는 늘 괜찮다 하고.

걷는 게 이토록 힘겹다면 나는 이제 텃밭을 일구거나 정원을 가꿀 수가 없겠지? 이층을 주 공간으로 삼아 지낼 수가 없겠는걸? 아래층을 쓰는 이지와 공간을 바꿔야 할지도. 처음엔 무릎 통증이 성가신 정도였으나 스무날이 지나자 이젠 서 있기만 해도 부들거린다. 무릎 연골에 좋다는 영양제와 저속노화에 도움이 된다는 레몬수를 만들어 마시기 시작했으나 두 다리는 여전히 나무토막 같고 근육들은 더 빠져나가고 있는지 일어날라치면 다리만이 아니라 몸 전체가 부들부들 떨린다. 무서운 일이다.

태양 아래 어둠?

모처럼 볕이 좋다. 가지치기한 자리에 새로 난 매실나무 얇은 가지가 휘청 휘어지며 내 눈을 잡아끈다. 박새 두 마리가 앉아도 새로 난 가느다란 가지가 휠 뿐 부러지지 않는다. 이층 창가에 가벼운 탁자 하나를 옮겨 놓은 건 더 이상 일을 미룰 수 없어서다. 정임언니 산문집 원고 교정도 봐야 하고 내 소설집 원고도 만들어야 한다. 올해 이 두 가지 일은 반드시 해야 한다. 출판계약을 하며 문화재단은 산문집이 8월 초에 나와야 한다고 했다. 행사는 9월에 집중되어 있지만 산문집을 한 달 전에 미리 발행했으면 하는 게 그들의 바람이었다. 게다가 내 소설집 원고도 준비해야 한다. 원고도 다 준비되지 않았으면서 승민을 따라 출판지원 신청을 냈는데 덜컥 선정이 되었으니 소설 두세 편을 더 써야 한다. 몸이 이 상태라면 기간이 더 오래 걸릴 것이니 부지런히 서둘러야 한다. 그런데 어쩐다? 이 기분을 어떻게 설명할 수 있을까? 서 있을 때만이 아니라 앉아서도 몸이 부들부들 떨리는 이 증세가 단지 기분 탓인 건가?

대여섯 마리로 늘어난 박새가 가지를 옮겨갈 즈음 휴대폰 메시지가 뜬다.

―초기 단편 40개를 찾았어. 외장하드를 뒤지다가 발견. 이메일로 보냈어.

전송자는 입원한 어머니를 간병하는 승민이다. 유월에 강연 두 개가 잡혀서 병원에서도 강연 원고를 틈틈이 준비하는 승민에게 '고맙네' 인사를 보내고 이메일을 확인하니 낯 뜨거운 제목들이 달린 원고 파일이 배달되어 있다. 태양 아래 어둠? 이건 무슨 이야기인지 전혀 모르겠군. 아주 초기의 글이니 얼마나 허접할지 읽어보기가 겁이 난다. 하지만 내용이 뭔지 전혀 몰라서 그 호기심이 파일을 열게 한다.

앗! 어머나! 이거였구나. 얼굴이 화끈댄다. 이 감정의 과잉을 어쩐다? 첫 페이지를 채 읽을 수가 없네. 다른 파일들도 마찬가지. 대충 앞부분만 읽어도 이지가 언젠가 말한 '이상한 과잉'만 가득하다. 감정의 과잉이거나 관계의 과잉이 고스란한 글을 보고 있자니 얼굴이 화끈거린다. 달아오른 낯을 가라앉히기 위해 나는 세수를 한다. 세수를 해도 얼굴에 가득한 붉은 기운을 빼낼 수가 없다.

저녁 탐조 활동

며칠 꾸준히 무릎 영양제와 레몬수를 마셨더니 걸음이 제법 부드러워졌다. 이래서 노인네들이 식품을 약품으로 알고 다 휘둘리는구나 싶다. 어머니는 보름간 입원하고 무사히 퇴원했다. 오랜만에 세 식구가 천변을 걷는다. 제민천(濟民川). 천의 폭과 길이를 생각하면 이 천의 이름은 한없이 넓고 크다고 우리는 생각한다.

–오늘은 어느 녀석을 처음으로 보게 될까?

-고생원이거나 오생원이겠지.

고생원은 고양이를 오생원은 오리를 일컫는 우리들 은어였다. 이 천변에서 그 둘은 언제나 상시적으로 만나는 동물들이었다.

-어? 아닌데? 저기 하얀 댕댕이 보여?

-어머 쟤는 저번에 물고기 잡으러 개천에 뛰어든 그놈 같은데?

-맞네, 그 녀석이네.

또 그런 낯부끄러운 일이 일어나지 않도록 이번엔 아예 견주가 놈을 품에 안았는데 수컷인 놈은 고추를 고스란히 내놓고 네 발을 벌린 채 안겨 우리 곁을 지나쳤다.

-부끄러운 모양일세.

-표정 어쩔?

-왜 저렇게 안았을까? 저 녀석 너무 민망하겠다.

우리는 오랜만에 크게 웃는다. 식구 중 누군가 어디가 좀 아프면 나머지 가족들 역시 우울해진다. 그 시간이 한 달을 넘기지 않았다는 건 아주 운이 좋다는 뜻.

-저기 거북선 간다.

딸애가 멀리서도 알아본 오리는 다른 오리들에 비해 몸

집이 커서 우리는 '거북선'이라고 별칭을 붙였더랬다. 눈 밝은 딸애는 천변에 깃든 여러 종류의 새들을 멀리서도 곧잘 알아보곤 한다.

-오리는 정말 못났어.

-맞아. 쟤네는 가능하면 정면을 보여주면 안 돼. 생긴 게 너무 막 생겼어.

우리는 또 까르르, 히히히, 소리를 내어 웃음을 퍼뜨린다.

-저기, 할미 보여?

-어디? 어, 보여. 그 옆 돌 위에도 한 마리 더 있다.

-저기 풀숲에도 여러 마리가 있어. 보여?

세 식구는 새를 만나면 걸음을 멈추고 자기가 찾은 새를 두 사람이 못볼까봐 검지 손가락을 빼서 새의 위치를 알려주기 바쁘다. 새를 만나면 부자가 된 것 같은 마음이 든다.

-저기, 저기!

-이지야, 너도 봤지? 배는 붉고 날개가 파란 새.

-응. 물총새. 아빠는 또 못 본 거야?

-파란 날개는 봤어.

-다행이네. 이번에도 놓친 줄.

물총새까지 본 우리는 이제 갑부의 마음이 된다. 더 이상

다른 새를 보지 못해도 오늘 산책도 대만족.

─저기 건너편 강아지 좀 봐.

승민의 눈엔 조류보다 포유류가 더 잘 보인다. 새들은 자주 놓쳐도 고생원이나 댕댕이들은 멀리서도 잘 찾아낸다.

─어디?

─저기 다리 밑. 할머니 옆에.

─어머, 우릴 보고 웃어.

─안녕.

하며 우리는 너도나도 하얀 강아지에게 손을 흔든다. 녀석도 꼬리를 흔들며 한 바퀴 빙 돈다. 자신의 강아지와 우리 사이의 소란을 목격한 할머니가 강아지에게 말한다. "너도 손을 흔들어 봐." 강아지가 고개를 갸웃대자 본인의 손을 들어 우리에게 흔든다.

─여기 생태계는 다 착해.

이지가 웃으며 말한다.

─걸을 만해?

─다리 하나를 끄는 게 아니라 양발로 땅을 딛는다는 게 이렇게나 벅찬 일인 줄 이제 알았네. 이 느낌을 말로 설명하긴 어려워.

-다행이야. 그래도 무리하지는 마.

우리는 어느새 마지막 다리까지 이르렀다. 낮은 다리 건너 저쪽 입구 판판한 돌 위에 오늘도 문순이가 앉아있다. 건너편 도로로 나가는 나무 계단 아래 역시 판판한 돌 위에 앉아있던 문장이는 오늘도 보이지 않는다.

-숫기가 없는 녀석인가?

-뭐가?

-문장이. 사실 우리 눈에 가장 먼저 띈 게 문장이잖아. 수문장처럼 떡 버티고 앉아있어서 문장이라고 별칭을 줬고. 그 별칭에서 문순이 문수가 나온건데.

-그러게. 문장이는 요새 잘 안 보이네.

다리를 건너온 우리를 향해 문순이가 다가오더니 우리들의 바짓가랑이를 저의 몸으로 후욱 차례로 훑고는 가만히 앉아 우릴 바라본다.

-아주, 여우야.

-다들 문순이 앞에서 어쩔 줄 모르지. 밥도 가장 많이 얻어먹을 거야.

-꼭 사람 얼굴 같은 표정이야. 얼굴을 봐. 딱 인면묘야.

마주 앉아 그저 노닐 뿐 저에게 먹이를 주지 않자 바닥에서 일어나 엉덩이를 씰룩대며 유유히 앞으로 나아가는 문순이를 바라보는 우리들 머리 위로 처음 보는 커다란 새가 날아 온다.

　-저 새는 뭐지?

　-모르겠어. 처음 보는 놈인데?

　우리는 새가 날아간 하류 쪽으로 걸음을 돌린다. 열댓 걸음만 옮기면 우리들의 마지막 핫 스팟이 나온다. 며칠 새에 수풀이 우거져 열 걸음을 더 옮겨야 했지만 강과 만나는 천의 끝자락에선 할미새, 물떼새, 물까치, 찌르레기, 해오라기, 오리들을 어김없이 만날 수 있다. 녀석들은 오늘도 분주하게 종종거리며 고개를 물속에 파묻거나 짧은 비행으로 이 돌 저 돌을 날아다닌다.

　백제큰다리를 떠받치는 우람한 기둥 뒤로 낚시꾼 두 명이 보인다.

　-오늘은 여기서 한 대 어때?

　-저기 사람이 와.

　-왜 갑자기 하류까지 산책자들이 내려오지?

　-우리가 뭘 시작하면 늘 사람들이 붐비는 그 징크스가 작동한 모양.

"그런가?" 하며, 이지가 사뭇 아쉬워한다. 산책로를 벗어난 강가에서 담배 한 대를 피우는 게 이 산책의 마지막 즐거움이었지만 우리는 나무 계단을 올라 산성 쪽으로 길을 잡았다. 보통의 경우라면 내려온 길 건너편으로 천변을 다시 걸어 올라가지만 오늘은 담배 생각이 더 간절했다. 우리는 지독한 애연가였지만 천변 산책로에서 담배를 피운 적은 없었다.

뻐꾸기 울고 앵두가 익어가고

코가 찔레 꽃향기에 호강할 이 무렵에 귀는 뻐꾸기 소리에 깨어나곤 한다. 무릎 영양제를 꾸준히 복용하고 하루 1리터 꾸준히 레몬수를 음용한 덕에 다시 예전과 비슷하게 양발에 힘을 고루 주고 완전 자동기계는 아니더라도 별 불편함 없이 걷게 되었다. 그러자 내 걸음은 또 숲과 밭에 머문다. 이틀이나 내린 비로 풀이 무성해져 길을 다시 내느라 한나절이 다 갔다. 차양모자를 벗고 겉장갑 속장갑까지 벗은 뒤에 장화를 마저 벗고는 수돗가에서 세수를 한다. 그런 뒤엔 꼼꼼히 옷 여기저기를 터는 데 공을 들인다. 풀과 나무와 흙이 맨살과 직접 닿지 않도록 꽁꽁 싸매고 숲에 들어도 언제나 몸 여기저기가 간지럽고 좁쌀만 한 반점이 붉게 일어난다.

―풀독을 타는 체질인가요?

아침 일찍 피부과에 들러 의사에게 물었을 때 의사는 무료하여 하품이 곧 나올 것만 같은 말투로 답했다.

―뭐가 문 거죠. 봐요, 반점 가운데에 작은 구멍이 있잖아요. 올해는 한 달이 빠르네요. 늘 유월 말에 방문하셨다고 적혀 있네요. 여기는 주사로 염증을 가라앉힐게요, 아주 가려웠겠어요.

왼손 중지와 약지가 갈라지는 사이에 생겨난 좁쌀만 한 발진 근처가 아닌 게 아니라 사람 미치게 간지러웠다.

아직 무성한 여름의 숲도 아닌데 벌써 피부과를 다녀온 참이어서 숲이나 밭에서 돌아오면 세심하게 털고 씻고 하느라 마당에서 한참 시간을 보낸다. 방충문 저쪽에서 이지가 쯧쯧 혀를 차며 걱정을 한다.

―정작 밭에 나가 있는 시간보다 나가고 들어오려고 준비하는 시간이 더 긴 것 같아.

―어머나, 그러고 보니 오늘은 진드기 기피제를 안 뿌리고 저길 다녀왔네.

―이제 그만해. 덥지? 커피 타 줄까?

이지가 타 준 커피를 들고 이층으로 올라와 창가에 앉았다. 방금 끝낸 작업의 결과물을 감상한다. 무성했던 풀이 사라진 오솔길이 더할 수 없이 선명하다. 멀리서는 꿩이 꿩꿩, 가까이에선 뻐꾹뻐꾹 뻐꾸기가 운다. 점점 붉어져 가는 앵두알에 군침이 도는데 동무 은님에게서 전화가 걸려온다.

―은님, 제주 잘 다녀왔구나.

―이주야, 어디 있어? 산성동?

―응.

전화기에서 동무 술래 목소리도 들린다.

―술래가 오늘은 산성동 못 들른다고 전해달래. 난 잠깐 들러 '간서치' 책 좀 받아가려고 하는데.

―어쩌지? 작은 책방들 포스터 나누어 주며 책도 한 권씩 줬어.

―아하, 그러면 됐어. 다른 데서 받아가면 돼. 그거나 빨리 해 줘.

―그거? 소설 공부?

―응.

―알았어. 이제 제주는 안 가도 돼?

─응.

통화를 마치고 나자 한두 방울 비가 떨어지는 소리가 난다. 올봄엔 비가 잦다. 다행스럽게도 폭우는 아니다. 곱게 내리는 빗소리에 또 마음이 젖어간다. 대여섯이 소설 모임을 만든 건 작년 오월이었다. 연말까지 퍽 재미나게 소설을 읽고 썼더랬는데 올핸 시작도 못 하고 있다. 내가 문제였다. 선뜻 맘이 잡히지 않는다. 의욕도 없고 어머니도 편찮고 무릎도 안 좋다는 이런저런 핑계가 있지만 그건 다만 핑계라서 동무들에게 말조차 꺼내지 못했다. 함께 읽을 목록을 정하고 만날 시간을 정하는 일을 내내 미루는 심리는 뭘까? 일단 시작만 하면 퍽 재미가 있고 생기를 주는 일인데 나는 왜 미적대는 거지? 알 수가 없다고 말하고 싶지만 나는 그 이유를 대략은 짐작할 수 있다. 수강료를 받기가 껄끄러운 것이다. 작년엔 상주작가 사업에 선정되어 동무들에게 수강료를 받지 않아도 되었다. 그런데 올핸 동네책방도 나도 사업에 응모하지 않았고 동무들이 수강료를 내겠다며 모임을 이어가자고 해서 놀란 상태로 여기까지 온 것이다. 지난 삼월에 대단한 결심을 하고 '그래, 하자.' 해놓고는 벌써 두 달이 훌쩍 넘도록 이러고 있다. 이월엔 동료 작가를 채근해 소설집 원고를 받았는데 그 원고에 대한 피드백 역시 미뤄두고 있다. 갑자기 정임언니 산문집 출판이 먼저 계약된 거였다. 동료의 소설집이 밀린 셈인데 감감무소식인 나에게 벌써 원고를 보낸 그로서는 또 얼마나 황당한 마음일까? 한 해에 세 권 이상은 출판할 수 없다는 게 우리 현이지 대표와 약속한 사안인데, 벌써 세 권이 다 찼다. 게다가 출판사 대표께서는 팔월까지 자기 그림 작업을 해야 할 일정이니, 참으로 눈치가 보인다. 내가 부지런히 돕는다면 일들이 밀리지 않을 텐데 아무래도 나는 출판이나 소설에 관한 일보다 밭과 숲과 새를 만나는 게 더 좋은 모양이다. 이걸 어쩐다?

오목눈이 대여섯 마리가 비를 맞네

매실나무 옆 후박나무 가지들에 새들이 날아와 찌르르 찌르르 지저귄다. 작고 동그랗고 귀여운 오목눈이들. 비가 오는 날엔 천변으로 산책을 나가지 않는다. 다행히 이층 창가에서 얼마든지 새를 즐길 수 있다. 대여섯 마리의 재재거리는 소리 저 위쪽에서 꾀꼬리가 운다. 울음이 선명하고 맑다. 꾀꼬리는 타고난 목청을 가진 새로구나.

요즘 나는 무턱대고 찾아오는 한두 줄의 문장을 수첩에

적기 시작했다.

감촉.
촉이 즉각적 감정이라면 감은 몸을 그윽하게 적시고 나온 감정이다.
촉이 시민적 지위에 민감하다면 감은 예술적 자세에 견고하다.

우쭐대며(무엇에 우쭐한 마음이 든 건지 알 수 없지만) 노트하던 것도 잠시, 휘유- 휘유- 끼어든 새소리를 따라간다. 새는 보이지 않고 소리만 들려온다. 무슨 새일까? 이제는 시간이 툭 툭 끊어져도 애달프지 않다. 뭘 하겠다는 일념이 희미해지자 눈이 잡든 귀가 잡든 잡히는 대로 마음이 흘러간다.

으이구 야야? 가갸 거겨? 내 귀에 이렇게 들리는 저 울음소리를 내는 새는 뭘까? 숲으로 또 눈길이 머문다. 저희들끼리 나뭇가지를 흔들며 놀던 오목눈이는 사라지고 없다. 비가 내려 오늘은 저녁 산책이 없다. 대신에 해가 질 때까지 나는 여기서 숲을 관찰하겠지? 그런 뒤엔 뭘를 하지? 다가

올 긴 밤이 걱정이다.

아침 뻐꾸기 소리

언젠가 나는 뻐꾸기 울음소리만 들으면 공황발작을 일으키는 사내에 대한 단편 하나를 썼다. 그 뒤로 뻐꾸기 울음소리가 들려오는 계절엔 나 역시 공황 비슷한 증세가 나타난다. 마음이 불안하고 숨이 막히는 건 그 사내가 어릴 적 골방에 갇혀 듣던 그 소리에 과하게 집중한 탓이다. 간혹 픽션으로 남겨놓은 글이 제 체험처럼 여겨져 성가실 때가 있다.

숲 뒤, 비탈밭을 일구는 누군가의 호미 소리에 또 몸이 근질거린다. 감당할 수 없을 정도로 무성해지면 숲으로 나가는 일은 저절로 멈출 터이다. 그러니 며칠 남지 않은 봄의 마지막 재미를 놓칠 수는 없다.

오픈채팅방

아래층에서 한창 그림 작업 중인 이지를 불러올려 오픈채팅방을 만들었다. 우선 다섯 동무에게만 링크를 보낸다. 아직은 5명에게만 오픈이 된 장소니까. 서둘러 읽기 목록도 작성해 본다. 보르헤스, 죠이스, 토마스 만, 버지니아 울프를 적어본다. 송기숙, 윤흥길, 송기원도 써본다. 갑자기 더 늦어지면 안 될 것 같은 기분이 든 건 어느새 녹음이 든 숲을 나는 하얀 나비의 한가한 춤을 보았던 까닭이다. 이러다 곧 매미도 울겠네 싶자 마음이 조급해졌다.

이제 무릎도 웬만하니 일을 시작할 때가 되었다. 우리는 어디에서 살고 있나? 우리가 살았던 집들은 어디였나? 우리는 무엇을 하며 시간을 보내는가? 우리는 무엇에 불안한가? 우리는 뭘 하고 노는가? 우리는 건강한가? 우리에게 친구란? 이런 생각들이 한꺼번에 혹 올 때, 그때가 다시 일을 시작할 때이므로.

미영숙씨

어머니는 통장에 돈을 넣어두면 늘 돈이 없어진다고 생각한다. 그래서 돈이 생기는 족족 찾아서 가장 불필요한 일들에 써버린다. 시주를 하거나 냄비를 사거나 비싼 접시를 사거나 그도 아니면 차비로 다 날리고는 가스값을 못 냈네, 수도와 전기값은 또 어쩌지, 전화비도 없어, 곰탕이 먹고 싶네, 한다. 그래서 이지가 붙인 할머니 별칭은 미영숙이다. 미친 영숙이란 뜻. 그리고 구우구 구구, 이지 귀엔 그렇게 들리고 내 귀엔 아이구 야야, 들리는 울음 소릴 가진 새는 멧비둘기라고 한다. 자주 거의 언제나 듣는 이 울음소리가 그 흔한 멧비둘기 소리였다는 것에 나는 아주 많이 놀란다.

밤의 창가

오늘 천변 산책 중 만난 새들 : 우선 여덟 마리의 비둘기. 찌르레기 수십 마리. 물까치 하나. 후투티 한 놈. 할미새 열댓 마리. 물떼새 여남은 마리. 참새 셀 수 없이 많이. 제비 두 마리. 왜가리 두 놈. 흰뺨검둥오리 여섯 마리.

산책에서 돌아오면 우리는 말이 없어진다. 두 시간의 산책은 골반에 허리에 발바닥에 큰 무리를 남긴다. 내 경우엔 특히 무릎에 무리를 주어 오금이 뻐근해지곤 한다. 우리는 시원한 물 한 잔을 조용히 마신 뒤에 각자의 자리로 이동한다.

-굿 나잇.

-내일 봐.

-좋은 밤.

아직 완전히 어둠이 내려오기 전 나는 이층 창가에 앉아 어둠에 잠기는 숲을 바라본다. 평소라면 벌써 침실로 들어가 티비를 켰을 텐데 오늘은 이 저녁의 창가를 잠시 누려볼 참이다. 뜨겁던 낮을 지나온 날은 밤의 그늘로 불어오는 바람을 놓치기 싫다. 새울음 소리도 멎은 고요 속에 가만히 나를 맡기기 딱 좋다. 그러나 고요는 짧다. 뻐꾸기가 고요를 깬다. 분별이 일어난다. 이건 고로쇠, 저건 매실, 저건 이팝, 저건 단풍, 저 위 우람한 놈은 오동, 그리고 저 아래 감나무까지 아직은 설핏 구별할 수가 있다. 나는 찬찬히 숲을 바라본다. 가장 늦게까지 저를 드러내는 건 노란 창포.

이제 눈은 암흑인 숲에서 거두어져 아직 제 실루엣을 드러내는 먼 산자락으로 옮아간다. 앞마을에 불빛이 돋아나고 한집 같은 옆집 아주머니가 마당에 자라는 식물에게 물을 주는 소리가 난다. 이제 방으로 들어갈 때다. 마침 창포의 노란 빛도 어둠에 묻혔으니.

뱀, 벌 출몰 지역

저녁을 일찍 먹고 오늘도 우리는 천으로 나왔다. 우리는 늘 시장광장에서 천으로 내려간다. 진입로가 계단이 아니어서다. 길지만 고도차가 거의 없어 나 같이 무릎이 좋지 않은 사람들이 산책로로 진입하기 좋은 곳이다. 데크를 내려온 우리는 어김없이 하류 쪽으로 방향을 잡는다. 천의 중류에서 자라가 발견되었다는 소식에 두어 번 천의 상류까지 걸어 봤지만 우리는 자라를 찾을 수 없었다. 대신 백설기 떡 같은 하얀 털을 지닌 강아지 한 마리에 매료되었을 뿐. 안 보면 보고 싶어 마음이 근질대는 탓에 오늘도 새들을 만나기 좋은 하류 쪽으로 방향을 잡는다. 역시 우리는 그동안 정든 하류 쪽 생태계가 편했다.

—어머, 뱀, 벌 물린 지역이라네?

—설마?

—뱀, 벌 출몰 지역이야. 잘 봐.

나의 오독에 부녀는 박장대소한다. 너무 웃어 입이 아프다는 이지가 입 언저리를 꾹꾹 누르며 말한다.

—그런데 말이야, 정말로 사람이 뱀을 문 경우도 있어. 니체를 보면, 차라투스트라에서 말이야, 차라투스트라가 산을 내려오다가 뱀의 공격을 받는 자를 만나거든. 그자에게 이렇게 말해. '물어, 네가 물어. 놈의 목청을 물어뜯어 버리라고!' 대충 그렇게 말을 해. 그래서 뱀에게 공격당하던 그 자가 뱀의 아가리 저 안에 있는 목청을 물어뜯었고 그는 뱀의 공격에서 살아나지.

우리는 217

나와 승민은 이지의 이야기에 고개를 끄덕인다.

-사람이 뱀을 물 수도 있네. 그럼 뱀 물린 지역은 사람에게 뱀이 물린 곳이란 뜻도 되네. 하하하.

승민은 제 유머가 재미난 모양이지만 이지는 헐, 하며 고개를 절레절레 젓는다.

천 양쪽으로 생태계교란종이라는 금계국이 천지로 피어 있다. 그 사이로 듬성듬성 장미가 보인다. 우리집 장미도 이젠 필 때가 되었는데, 아직 소식이 없다. 묘목을 늦게 심은 탓이겠지.

-저기 거북선.

더워서인지 오리들이 드물다. 가장 몸집이 큰 저 오리에게 우리는 거북선이란 별명을 주었다.

-저기 문순이.

더워서인지 고생원들도 보이지 않는다. 천변 고양이들에게 우리는 고생원이란 지위를 진작에 부여해 놓았다.

-저기 할미새.

소리만 요란할 뿐 새들도 드물다.

-더 더워지면 저녁 산책도 힘들어지겠어.

-그러게나 말이야.

-가끔 바람 좋으면 나와도 좋지.

우리의 저녁 탐조 활동이 오늘로 끝나나 싶은 마음에 내가 서둘러 부녀의 말에 끼어들었지만 두 사람은 묵묵부답. 늙어가는 여자의 무릎은 그럭저럭 나아가는 것 같은데 늙은 남자는 허리가 아프고 젊은 여자는 발바닥이 아픈 모양.

6월 3일

아침 일찍 투표를 하고 와 매실을 땄다. 알이 굵었다. 깨끗이 씻어 물기를 말렸다. 한 가지에서만 4킬로그램의 매실을 수확했다. 세 식구가 이쑤시개를 들고 꼭지를 따 항아리에 담았다. 설탕 4킬로그램을 부어 밀봉했다. 뚜껑에 날짜를 적어 붙였다. 석 달 후 항아리가 열릴 것이다. 하루 뒤, 일주일 후의 일도 알 수 없는데 석 달 후에나 개봉할 매실청을 담그는 일은 그저 하루의 재미에 지나지 않을지도 모른다는 생각이 들었다. 우리는 Y자 매실나무의 오른편 가지에 열린 매실은 따지 않았다. 크고 굵은 알이 빼곡한 나뭇가지를 그대로 두고 보는 게 좋겠다 싶었다. 눈만 돌리면 나무가 일군 성취를 금방 볼 수 있어서였다.

망종까지 이틀이나 남았으니 오랜만에 나는 밭일을 좀

해야 할 것 같다. 작년에 받아 둔 여주 씨앗, 접시꽃 씨앗, 해바라기 씨앗, 봉숭아 씨앗, 자잘한 상추 씨앗들을 모아둔 주머니를 들고 나무가 숲을 이루어 볕이 들 자리가 없는 밭으로 나간다. 옆집, 앞집의 마당 가에서, 화단에서, 벌써 쑥쑥 키를 키우고 있는 녀석들이 보면 웃겠지만 아직 망종이 이틀이나 남았으니 어쩌면 이놈들이 싹을 틔울지도 모르겠다는 기대가 있어서다.

2025년 산성 아랫마을 비탈밭에서
윤이주